Clár

An briathar	2
An aimsir chaite	6
An aimsir láithreach	17
An aimsir fháistineach	27
An modh coinníollach	35
Súil siar	40
An réamhfhocal	43
An forainm réamhfhoclach	45
An aidiacht shealbhach	58
An t-ainmfhocal	60
Uatha agus iolra	61
Firinscneach agus baininscneach	63
An tuiseal ainmneach agus an tuiseal ginideach	64
Na díochlaonta	66
Súil siar	74
An aidiacht	75
Na huimhreacha	77
Bunuimhreacha agus uimhreacha pearsanta	77
Orduimhreacha	77
Claoninsint	79
Gnáthbheannachtaí	80

AN BRIATHAR

A An Briathar (*the verb*)

Déanann briathar cur síos ar ghníomh (*action*).

SAMPLAÍ

D'ith mé mo dhinnéar.
Dúnann Mamaí na fuinneoga gach oíche.
Níor bhris mé mo pheann.
Ar lig an buachaill sin béic as?
Déanfaimid fear sneachta amárach.

B Gutaí (*vowels*)

Is iad *a, e, i, o* agus *u* na ***gutaí***.
Tugtar ***consain*** ar na litreacha eile.
Is iad *a, o* agus *u* na gutaí atá **leathan** (*broad*).
Is iad *e* agus *i* na gutaí atá ***caol*** (*slender*).

a, o, u leathan   *e, i* caol

C Siolla (*syllable*)

Tá dhá shiolla san fhocal 'sneachta' (sneach-ta).
Tá trí shiolla san fhocal 'tráthnóna' (tráth-nón-a).

1 Scríobh amach na briathra atá sna habairtí seo.

1 Rinne Mamaí ceapairí blasta dúinn ar maidin.
2 Caitheann siad liathróidí sneachta gach geimhreadh.
3 Cuirfidh mé mo bhróga nua orm amárach.
4 Níor rith sé go tapa sa rás.
5 Ar cheannaigh tú líomanáid sa siopa sin?

2 Líon na bearnaí.

Focal	Guta deireanach	Leathan nó caol?
Fág	á	leathan
Buail	i	
Cas		
Ól		
Bris		
Cuir		
Rith		
Dún		

3 Cuir gach focal sa bhosca ceart.

Lig, éagsúla, mór, sorcas, ceapairí, abhainn, blasta, ceannaigh, ól, cuir, éirigh, beannaigh.

Siolla amháin	*Dhá shiolla*	*Níos mó ná dhá shiolla*
Lig		

D Fréamh an bhriathair

(*This is the root or basic part of the verb, before any ending is added.*)

SAMPLAÍ

	Fréamh:
Lasfaidh mé an tine anocht.	('las')
Níor bhriseamar an fhuinneog.	('bris')
Fanann sí sa bhaile gach Aoine.	('fan')
Cheannaigh Daidí leabhar nua.	('ceannaigh')
Scríobhfaidh mé i mo chóipleabhar um thráthnóna.	('scríobh')

E Leathan le leathan, caol le caol

San fhocal 'Gearr', tá an guta deireanach '*a*' leathan.
Nuair a chuirimid –*ann*, –*faidh* srl. le 'gearr', bíonn an chéad ghuta sa siolla sin leathan freisin.

3

SAMPLAÍ

Gearrfaidh   Gearrann tú   Ghearramar
Dúnfaidh mé   Chasamar   D'ólfaimid

Téann guta caol le guta caol mar an gcéanna:
Ritheann sibh   Rithfidh siad   Ritheamar
Brisfimid   Buailfidh siad   Chailleamar

'Leathan le leathan, caol le caol.'

Féach ar na habairtí seo, agus ansin líon na boscaí.

1 D'ith mé mo bhricfeasta ar maidin.
2 Níor ól siad an bainne ar scoil.
3 Chuir na páistí a gcótaí orthu.
4 Brisfidh mé an t-adhmad amárach.
5 Shuigh na buachaillí ar bhruach na habhann.
6 Rith an madra síos go bun an ghairdín.
7 Baineann Dónall a chóta de gach tráthnóna.
8 An bhfanann tú ar scoil ag am lóin?
9 Ghluaiseamar i dtreo an tséipéil.
10 Lasamar tine mhór Oíche Shamhna.

Abairt	Briathar	Fréamh	Guta deireanach	Leathan nó caol?
1	D'ith	ith	i	caol

F   An chéad réimniú agus an dara réimniú

(*Verbs can be divided into two major groups: the first conjugation and the second conjugation.*)

Bíonn briathar sa **chéad réimniú** nuair atá siolla amháin sa fhréamh. Bíonn briathar sa **dara réimniú** nuair atá níos mó ná siolla amháin sa fhréamh.

SAMPLAÍ

An Chéad Réimniú   Fréamh:
Lasann sé tine gach oíche.   ('las')
Ritheamar ar nós na gaoithe.   ('rith')
Ólfaimid líomanáid ag an bpicnic amárach.   ('ól')

An Dara Réimniú
Cheannaíomar uachtar reoite inné.   ('ceannaigh')
Chruinnigh siad sméara dubha inné.   ('cruinnigh')
Osclóidh mé an doras duit.   ('oscail')

An aimsir chaite

Bhris Tomás an fhuinneog **inné**.
Bhí mé i mo chodladh go luath **aréir**.
Cheannaigh Mamaí carr nua **an bhliain seo caite**.
Chaill mé airgead **seachtain ó shin**.
Ní fhaca mé fear an phoist **le déanaí**.
Ní raibh mé ar scoil **Dé hAoine seo caite**.

h san aimsir chaite—*Has happened*.

A Críochnaigh na habairtí seo.
1 Bhris Brídín an buidéal … (amárach/inné/gach lá).
2 Bhí Seán ina chodladh go luath … (anocht/gach oíche/aréir).
3 Cheannaigh mé rothar nua … (an Déardaoin seo chugainn/gach lá/ an bhliain seo caite).
4 Chaill Mamaí a sparán … (maidin amárach/seachtain ó shin/gach oíche).
5 Ní fhaca Daidí sionnach … (le déanaí/amárach/gach oíche).

B Críochnaigh na habairtí seo.
Úsáid focail mar 'inné', 'fadó', 'seachtain ó shin', srl., a bhaineann leis an aimsir chaite.
1 Cheannaigh Áine leabhar nua sa siopa …
2 Bhris mé mo chos …
3 Dhún mé mo mhála scoile …
4 Chonaic mé capall sa pháirc …
5 Tháinig mé abhaile go luath …
6 Thit mé amuigh sa pháirc …
7 Bhí mé sa leaba go luath …
8 Níor tháinig fear an phoist …
9 Fuair mé bronntanas …
10 Bhí Oisín i dTír na nÓg …

An aimsir chaite—céad réimniú

(Siolla amháin sa fhréamh.)

Ar bhris? — Bhris / Níor bhris

Ar chaith? — Chaith / Níor chaith

Ar rith? — Rith / Níor rith

Bhris mé	Bhriseamar	Briseadh—Seo an *saorbhriathar*.
Bhris tú	Bhris sibh	níl a fhios againn cé a rinne
Bhris sé/sí	Bhris siad	an gníomh.

SAMPLAÍ EILE

chuir mé; rith mé; bhain mé; bhuail mé; chaill mé; chaith mé; lig mé.

Ar dhún? — Dhún / Níor dhún

Ar líon? — Líon / Níor líon

Ar ghlan? — Ghlan / Níor ghlan

Dhún mé	Dhúnamar	
Dhún tú	Dhún sibh	
Dhún sé/sí	Dhún siad	Dúnadh

SAMPLAÍ EILE

mhúin mé; chas mé; cheap mé; ghearr mé; ghlan mé; leag mé.

Ar ól? — D'ól / Níor ól

Ar iarr? — D'iarr / Níor iarr

Ar fhág? — D'fhág / Níor fhág

D'ól mé	D'ólamar	
D'ól tú	D'ól sibh	
D'ól sé/sí	D'ól siad	Óladh

SAMPLAÍ EILE

lean mé; líon mé; phós mé; sheas mé; d'íoc mé; d'iarr mé; d'fhás mé.

A Scríobh amach na habairtí seo san aimsir chaite.
1. (Ól) sé buidéal bainne inné.
2. (Bris) an cailín a cos anuraidh.
3. (Caill) siad airgead sa linn snámha.
4. (Cuir) fear an phoist na litreacha sa mhála.
5. (Dún) an múinteoir an fhuinneog.
6. (Bain) Seán a chóta de sa halla aréir.
7. (Léim) sé isteach san fharraige an samhradh seo caite.
8. (Fág) an múinteoir a leabhar ar an mbord inné.
9. (Glan muid) ár mbróga peile seachtain ó shin.
10. (Pós) m'aintín an bhliain seo caite.

B Scríobh amach na habairtí seo san aimsir chaite.
1. (Ní léim) bradán thar an eas le déanaí.
2. (An líon) tú an buidéal sin le bainne fós?
3. (Ní rith) Áine go tapa sa rás tráthnóna inné.
4. (Ní fhág) mé mo mhála scoile sa scoil inné.
5. (An dún) tú fuinneog na scoile riamh?
6. (An caill) Máire a sparán sa chlós Dé hAoine seo caite?
7. (An bris) Pól a chos sa chluiche anuraidh?
8. (An íoc) tú féin as an rothar nua sin an tseachtain seo caite?
9. (An gearr) tú do cheann sa timpiste aréir?
10. (An cuir) an sagart na ticéid go léir sa bhosca fós?

C Freagair na ceisteanna.

Ar dhún an múinteoir an fhuinneog? Dhún an múinteoir an fhuinneog.
Ar dhún Daidí an fhuinneog? Níor dhún Daidí an fhuinneog.

Ar chuir Mamaí leabhar ar an mbord? Chuir …
Ar chuir fear an phoist leabhar ar an mbord? Níor …

Ar ól an cat an bainne? D'ól …
Ar ól an madra bainne? Níor ól …

Ar chaill an garda a chóta? …
Ar chaill an garda a hata? …

Ar ghearr Mamaí a méar? …
Ar ghearr an búistéir a mhéar? …

D Críochnaigh na habairtí seo.
1 Bhris … inné.
2 Chuir … aréir.
3 Chaill … anuraidh.
4 Níor dhún … an tseachtain seo caite.
5 Níor ghlan … riamh.
6 Níor ghlan … Dé Luain seo caite.
7 D'fhág … maidin inné.
8 Thit … coicís ó shin.
9 Phós … fadó.
10 Ghearr … inné.

1 *h* san aimsir chaite (*Has happened*)
   ach amháin ar an saorbhriathar.
2 An aimsir chaite, céad réimniú:
   fréamh + **mé, tú, sé/sí, –(e)amar, sibh, siad, –(e)adh.**

An aimsir chaite—dara réimniú

(Níos mó ná siolla amháin sa fhréamh.)

Ar cheannaigh? — Cheannaigh / Níor cheannaigh

Ar mharaigh? — Mharaigh / Níor mharaigh

Ar chabhraigh? — Chabhraigh / Níor chabhraigh

Cheannaigh mé	Cheannaíomar	
Cheannaigh tú	Cheannaigh sibh	
Cheannaigh sé/sí	Cheannaigh siad	Ceannaíodh

SAMPLAÍ EILE

thosaigh mé; chabhraigh mé; mharaigh mé; chríochnaigh mé; chuardaigh mé.

Ar dheisigh? — Dheisigh / Níor dheisigh

Ar chruinnigh? — Chruinnigh / Níor chruinnigh

Ar dhúisigh? — Dhúisigh / Níor dhúisigh

Dheisigh mé	Dheisíomar	
Dheisigh tú	Dheisigh sibh	
Dheisigh sé/sí	Dheisigh siad	Deisíodh

SAMPLAÍ EILE

chuidigh mé; chóirigh mé; chruinnigh mé; choinnigh mé; dhúisigh mé.

Ar oscail? — D'oscail / Níor oscail

Ar imir? — D'imir / Níor imir

Ar cheangail? — Cheangail / Níor cheangail

D'oscail mé	D'osclaíomar	
D'oscail tú	D'oscail sibh	
D'oscail sé/sí	D'oscail siad	Osclaíodh

SAMPLAÍ EILE

d'ullmhaigh mé; d'athraigh mé; d'éirigh mé; d'fháiltigh mé; cheangail mé.

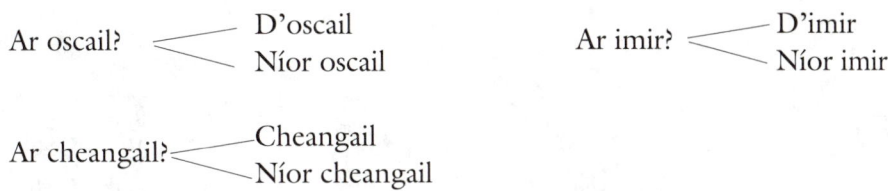

A Scríobh amach na habairtí seo go hiomlán.
1. Cheannaigh mé bronntanas do mo mhamaí … (an Nollaig seo caite/gach bliain/an Satharn seo chugainn).
2. Dhúisigh mé go luath … (gach maidin/amárach/maidin inné).
3. Chríochnaigh mé m'obair bhaile … (gach oíche/aréir/an Aoine seo chugainn).
4. D'oscail mé an doras … (amárach/inné/gach tráthnóna).
5. D'imríomar go maith sa chluiche … (inné/gach Satharn/amárach).

B Líon na bearnaí.
1. _____ Mamaí an carr an Satharn seo caite. (Deisigh)
2. _____ siad na báid tráthnóna inné. (Ceangail)
3. _____ ag béicíl nuair a chualamar an toirneach. (Tosaigh muid)
4. _____ Daidí cóta nua sa siopa sin inné? (An ceannaigh)
5. _____ Tomás lena mhamaí, mar bhí sé tinn. (Ní cabhraigh)
6. _____ na húlla go léir an tseachtain seo caite. (Bailigh muid)

C Críochnaigh na habairtí.
(Imigh; léigh; ceannaigh; éirigh; cuardaigh.)
1. … Daidí bróga nua do Phól …
2. … siad go léir abhaile ar an mbus …
3. … mé i ngach áit sa ghairdín don choinín.
4. … na leanaí go luath …
5. … mo sheanathair an nuachtán …

D Scríobh amach an scéal.

1  *ag siopadóireacht* Thosaíomar …
2  *bróga* Cheannaigh …
3  *cara* Bhuail mé le …
4  *mála* Bhris …

5 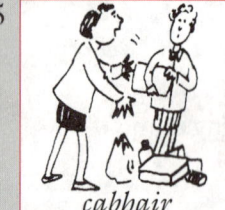 *cabhair* D'iarr sí …
6  *na hearraí* Bhailigh …
7  *ag imeacht* D'imíomar abhaile …

E Críochnaigh na habairtí.

1 D'eitil …
2 Chodail …
3 D'éirigh …
4 Chuidigh …
5 D'ullmhaigh …
6 Dhúisigh …
7 Chríochnaigh …
8 D'fhoghlaim …
9 Cheannaigh …
10 Labhair …

1 *h* san aimsir chaite (*Has happened*) ach amháin ar an saorbhriathar.
2 An aimsir chaite:
   Níor + *h*: Níor bhris mé.
   Ar + *h*: Ar dhún sé?
3 An aimsir chaite, dara réimniú:
   fréamh + **mé, tú, sé/sí, –(a)íomar, sibh, siad, –(a)íodh.**

An aimsir chaite—briathra neamhrialta

An raibh? — Bhí / Ní raibh

An ndúirt? — Dúirt / Ní dúirt

An bhfaca? — Chonaic / Ní fhaca

An bhfuair? — Fuair / Ní bhfuair

An ndeachaigh? — Chuaigh / Ní dheachaigh

An ndearna? — Rinne / Ní dhearna

Ar rug? — Rug / Níor rug

Ar chuala? — Chuala / Níor chuala

Ar ith? — D'ith / Níor ith

Ar thug? — Thug / Níor thug

Ar tháinig? — Tháinig / Níor tháinig

Fréamh	An chéad phearsa uatha	An chéad phearsa iolra	Saorbhriathar
Abair	Dúirt mé	Dúramar	Dúradh
Feic	Chonaic mé	Chonaiceamar	Chonacthas
Faigh	Fuair mé	Fuaireamar	Fuarthas
Téigh	Chuaigh mé	Chuamar	Chuathas
Bí	Bhí mé	Bhíomar	Bhíothas
Déan	Rinne mé	Rinneamar	Rinneadh
Beir	Rug mé	Rugamar	Rugadh
Clois	Chuala mé	Chualamar	Chualathas
Ith	D'ith mé	D'itheamar	Itheadh
Tabhair	Thug mé	Thugamar	Tugadh
Tar	Tháinig mé	Thángamar	Thángthas

A   Críochnaigh na habairtí.

(Déan; faigh; clois; beir; feic.)
1   … mé amhrán ar an raidió …
2   Ní … Máire an capall sa pháirc.
3   … sibh bhur gceachtanna …
4   … Nóra ar an liathróid sa chluiche …
5   Ní … Nóra ach bábóg bheag mar bhronntanas.

(Tar; abair; téigh; ith; bí; tabhair.)
6   Ar … an leanbh a dhinnéar fós?
7   … (muid) an t-airgead do na daoine bochta.
8   … na leanaí abhaile ón scoil le chéile …
9   … (muid) ó dhoras go doras Oíche Shamhna.
10 … an cailín a raibh tinneas cinn uirthi …
11 An … tú ag an sorcas aréir?

B Scríobh amach na briathra seo go hiomlán:
feic, déan, ith, tabhair.

SAMPLAÍ: FEIC

Chonaic mé	Chonaiceamar	
Chonaic tú	Chonaic sibh	
Chonaic sé/sí	Chonaic siad	Chonacthas

C Ag baint an fhómhair

SAMPLAÍ

(Bí) Daidí ag baint arbhair. (Téigh) Máire amach ag féachaint air. (Feic) sí Daidí thuas ar an inneall bainte. (Tar) Seán chun an tí. (Déan) Mamaí ceapairí blasta do Dhaidí agus (tug) sí do Sheán iad. (Ní clois) Daidí na leanaí ag glaoch air ar dtús. Ar ball (feic) sé iad agus stop sé an t-inneall bainte. (Deir) sé go raibh sé lag leis an ocras, mar (bí) sé ag obair go dian ó mhaidin. (Ith) sé cuid de na ceapairí agus (tug) sé cúpla ceann do na leanaí. (Tar) Máire agus Seán abhaile go sona sásta. (Beir) siad ar liathróid agus (téigh) siad amach ag súgradh.

An aimsir chaite
Dúirt—Ní dúirt—An ndúirt? Ní—An.
Thug—Níor thug—Ar thug? Níor—Ar.

An raibh?	Bhí	Ní raibh
An ndúirt?	Dúirt	Ní dúirt
An bhfaca?	Chonaic	Ní fhaca
An bhfuair?	Fuair	Ní bhfuair
An ndeachaigh?	Chuaigh	Ní dheachaigh
An ndearna?	Rinne	Ní dhearna
Ar rug?	Rug	Níor rug
Ar chuala?	Chuala	Níor chuala
Ar ith?	D'ith	Níor ith
Ar thug?	Thug	Níor thug
Ar tháinig?	Tháinig	Níor tháinig

A Cum ceisteanna do na freagraí seo thíos.

SAMPLA: *Freagra:* Níor tháinig fear an phoist fós.
          Ceist: Ar tháinig fear an phoist le beart nó le litir?

1. Bhí mé sa leabharlann tráthnóna inné.
2. Ní bhfuair mise bronntanas fós.
3. Rug mé ar iasc an Satharn seo caite.
4. Níor chuala mé an gadaí ag briseadh na fuinneoige.
5. D'ith an cat a dhinnéar aréir.
6. Chonaic mé tarbh sa pháirc sin le déanaí.
7. Tháinig na daltaí ar scoil go luath ar maidin.
8. Níor thug an múinteoir cead dom é sin a dhéanamh.
9. Dúirt mé mo phaidreacha aréir.
10. Ní dheachaigh mé abhaile ar an mbus sin riamh.
11. Rinne mé bord do na héin sa ghairdín.
12. Níor thug mé bia don mhadra fós.

B Le déanamh: briathra neamhrialta

Scríobh amach na habairtí seo go hiomlán.

1. (Abair) an cailín go raibh tinneas cinn uirthi maidin inné.
2. (Ní abair) an seanfhear go raibh a bhata briste.
3. (Feic) Seán an sorcas ag dul thart an Satharn seo caite.
4. (Ní feic) mé an múinteoir ag teacht isteach sa seomra ranga.
5. (Faigh) mé seamróg Lá Fhéile Pádraig.
6. (Ní faigh) Daidí cáca milis ar a lá breithe.
7. (Téigh) mé a chodladh go luath aréir.
8. (Ní téigh) mo theaghlach thar lear ar ár laethanta saoire anuraidh.
9. (Faigh) Máire leabhar nua ar scoil nuair a bhuaigh sí an rás an Luan seo caite.
10. (Ní feic) mé fear déirce timpeall na háite le déanaí.

C Scríobh amach an scéal seo san aimsir chaite.

(Bí) Daidí ag baint arbhair. (Téigh) Tomás amach ag féachaint air. (Feic) sé Daidí thuas ar an inneall bainte. (Tar) Seán chun an tí. (Déan) Mamaí ceapairí blasta do Dhaidí agus (tug) sí do Sheán iad. (Ní clois) Daidí na buachaillí ag glaoch air ar dtús, ach ar ball (feic) sé iad agus stop sé an t-inneall bainte. (Deir) sé go raibh sé lag leis an ocras, mar (bí) sé ag obair go dian ó mhaidin. (Ith) sé cuid de na ceapairí agus (tug) sé cúpla ceann do na buachaillí. (Tar) Tomás agus Seán abhaile go sona sásta. (Beir) siad ar liathróid agus (téigh) siad amach ag imirt peile.

D Scríobh amach an scéal.

1
2
3
4
5
6

Bhí an chlann …
Thosaigh …
D'imigh …
Thosaigh … ag caoineadh.
Rith …
Thug …
Bhí áthas ar …
'Go raibh maith agat, a Mhamaí,' …

An aimsir láithreach

Éiríonn Síle go moch **gach maidin**.
Téann Seán go dtí teach a sheanmháthar **go minic**.
Téann an chlann go dtí an zú **anois is arís**.
Glanaim mo bhróga **uair sa tseachtain**.
Tá an aimsir go breá **inniu**.
Ní chloiseann Úna an teileafón **nuair a bhíonn an raidió ar siúl**.
Tugaim aire ag dul trasna an bhóthair **i gcónaí**.
Bíonn an aimsir fuar sa gheimhreadh **de ghnáth**.

A   Críochnaigh na habairtí seo.
1 Dúnann an múinteoir an scoil … (amárach/gach tráthnóna/riamh).
2 Cloisim na héin ag canadh … (gach samhradh/an bhliain seo caite/aréir).
3 Ólaim bainne … (amárach/le déanaí/anois is arís).
4 Titeann an bháisteach sa gheimhreadh … (de ghnáth/seachtain ó shin/amárach).
5 Ní cheannaíonn Tomás milseáin … (inné/gach maidin/aréir).

B   Críochnaigh na habairtí seo.
Úsáid focail mar 'gach lá', 'go minic', 'inniu', srl., a bhaineann leis an aimsir láithreach.
1 Osclaíonn Nóra a mála scoile …
2 Téann an chlann ag siopadóireacht …
3 Titeann sneachta …
4 Cabhraíonn Micheál lena mhamaí …
5 Tagann fear an phoist le litir …
6 Bíonn Úna sa leaba go luath …
7 Itheann na daltaí lón sa scoil …
8 Fásann na bláthanna …
9 Bailíonn an t-iora rua cnónna …
10 Faighim bronntanais ó Shan Nioclás …

An aimsir láithreach—céad réimniú

An ritheann tú?   Rithim/Ní rithim
An gcaitheann tú?   Caithim/Ní chaithim
An mbriseann sé?   Briseann/Ní bhriseann

Rithim	Rithimid	
Ritheann tú	Ritheann sibh	Ritear—Níl a fhios againn
Ritheann sé/sí	Ritheann siad	cé a dhéanann an gníomh.

SAMPLAÍ EILE

cuirim, bainim, buailim, caillim, léimim, ligim, múinim.

An ndúnann Daidí?   Dúnann sé/Ní dhúnann sé
An nglanann sí?   Glanann sí/Ní ghlanann sí
An bhfásann siad?   Fásann siad/Ní fhásann siad

Dúnaim	Dúnaimid	
Dúnann tú	Dúnann sibh	
Dúnann sé/sí	Dúnann siad	Dúntar

SAMPLAÍ EILE

casaim, ceapaim, gearraim, glanaim, leagaim, leanaim, líonaim, seasaim, tógaim.

An ólann sí?   Ólann sí/Ní ólann sí
An iarrann sé?   Iarrann sé/Ní iarrann sé

Ólaim	Ólaimid	
Ólann tú	Ólann sibh	
Ólann sé/sí	Ólann siad	Óltar

SAMPLAÍ EILE

íocaim, iarraim, fanaim, fágaim, fillim ('fan', 'fág' agus 'fill' ag tosú le *f*).

A Scríobh amach na habairtí seo san aimsir láithreach.
1 (Cuir) Tomás a stocaí air gach maidin.
2 (Ól) na leanaí bainne ar scoil gach lá.
3 (Can mé) amhrán nuair a bhíonn ceolchoirm ar siúl sa scoil.
4 (Tit) sneachta go minic sa gheimhreadh.
5 (Fág muid) an scoil gach tráthnóna.
6 (Léim) an bradán thar an eas gach bliain.
7 (Glan muid) ár bhfiacla gach oíche.
8 (Fás) bláthanna sa ghairdín gach samhradh.
9 (Caith) na leanaí an liathróid sa chluiche gach Satharn.
10 (Rith muid) ar scoil nuair a bhímid déanach.

B Scríobh amach na habairtí seo san aimsir láithreach.
1 (Ní cuir) tú scaif ort féin nuair a bhíonn an aimsir te.
2 (Ní caill) fear an phoist litreacha.
3 (An bain muid) ár gcótaí dínn nuair a bhíonn an aimsir fliuch?
4 (Ní bris) Pól fuinneog nuair a bhíonn sé ag súgradh sa ghairdín.
5 (An dún) Daidí an doras cúil gach oíche?
6 (An fág) sibh na málaí sa scoil gach tráthnóna?
7 (Ní rith) mé ar scoil nuair a bhíonn sneachta ar an talamh.
8 (Ní dún) mé an doras gach oíche ach (dún) Daidí é.
9 (Ní ól) siad líomanáid gach tráthnóna.
10 (An líon) tú buidéal le huisce don lón gach maidin?

C Críochnaigh na habairtí seo.
1 Briseann siad … gach geimhreadh.
2 Cuireann Síle … gach oíche.
3 Fanaimid … nuair a bhíonn sé fliuch.
4 Ligeann Tomás béic as nuair a …
5 Titeann sneachta … gach geimhreadh.
6 Canann … gach lá.
7 Scríobhann … gach maidin.
8 Fásann … gach samhradh.
9 Múineann … gach lá.
10 Rithimid go tapa nuair a bhíonn …

1. An aimsir láithreach:
   Ní + *h*: Ní bhrisim.
   An + urú + ?: An mbriseann?
2. An aimsir láithreach, céad réimniú:
   fréamh + −(a)im, −(e)ann tú, −(e)ann sé/sí, −(a)imid, −(e)ann sibh, −(e)ann siad, −t(e)ar.

An aimsir láithreach—dara réimniú

An gceannaíonn?   Ceannaíonn/Ní cheannaíonn
An gcabhraíonn?   Cabhraíonn/Ní chabhraíonn
An gcuardaíonn?   Cuardaíonn/Ní chuardaíonn

Ceannaím	Ceannaímid	
Ceannaíonn tú	Ceannaíonn sibh	
Ceannaíonn sé/sí	Ceannaíonn siad	Ceannaítear

SAMPLAÍ EILE

tosaím, cabhraím, maraím, críochnaím, cuardaím.

An ndeisíonn?   Deisíonn/Ní dheisíonn
An gcruinníonn? Cruinníonn/Ní chruinníonn
An ndúisíonn?   Dúisíonn/Ní dhúisíonn

Deisím	Deisímid	
Deisíonn tú	Deisíonn sibh	
Deisíonn sé/sí	Deisíonn siad	Deisítear

SAMPLAÍ EILE	
cuidím, cóirím, cruinním, coinním, dúisím.	

An imíonn?   Imíonn/Ní imíonn
An éiríonn?   Éiríonn/Ní éiríonn
An ullmhaíonn?   Ullmhaíonn/Ní ullmhaíonn

Éirím	Éirímid	
Éiríonn tú	Éiríonn sibh	
Éiríonn sé/sí	Éiríonn siad	Éirítear

SAMPLAÍ EILE	
imím, ullmhaím, athraím, fáiltím	

An osclaíonn?   Osclaíonn/Ní osclaíonn
An gceanglaíonn? Ceanglaíonn/Ní cheanglaíonn
An labhraíonn?   Labhraíonn/Ní labhraíonn

Osclaím	Osclaímid	
Osclaíonn tú	Osclaíonn sibh	
Osclaíonn sé/sí	Osclaíonn siad	Osclaítear

SAMPLAÍ EILE	
ceanglaím, labhraím, freagraím, imrím, eitlím, codlaím, insím.	

A Scríobh amach an abairt iomlán.
1 Éiríonn Síle ar a hocht a chlog … (an Luan seo caite/amárach/gach maidin).
2 Ceannaíonn Daidí cnónna … (gach Oíche Shamhna/an mhí seo chugainn/le déanaí).
3 Osclaíonn an múinteoir doras na scoile … (amárach/riamh/gach lá).

21

4   Críochnaím m'obair bhaile go luath … (aréir/gach tráthnóna/an Aoine seo chugainn).
5   Imrímid i gclós na scoile … (le déanaí/tamall ó shin/nuair a bhíonn an aimsir go deas).

B
1   (Ní cruinnigh) an t-iora rua milseáin gach fómhar.
2   (Ceannaigh) mo chairde bronntanais dom gach bliain ar mo lá breithe.
3   (An éirigh) tú go luath gach Satharn?
4   (Cabhraigh mé) le mo mhamaí anois is arís.
5   (Freagair muid) ceisteanna ar scoil gach lá.

C   Críochnaigh na habairtí.
(Eitil; ullmhaigh; deisigh; inis; críochnaigh.)
1   … mo sheanathair scéal dom …
2   … Mamaí mo rothar dom nuair a bhíonn …
3   … an obair bhaile go tapa nuair a bhíonn …
4   … na fáinleoga go dtí na tíortha teo gach …
5   … Daidí bricfeasta dúinn gach …

D   Scríobh amach an scéal.

1

an Satharn
Oibríonn an chlann go léir … gach …

2

deirfiúr
Cabhraíonn mo … liom.

3

plandaí
Cuireann …

4

fuinneoga
Glanann Pól na …

5

leapacha
Cóiríonn mise agus …

6

earraí
Ceannaímid …

E Críochnaigh na habairtí.
1 Ceannaíonn …
2 Tosaíonn …
3 Eitlíonn …
4 Foghlamaíonn …
5 Insíonn …
6 Bailíonn …
7 Ní dhúisíonn …
8 An imíonn …
9 Deisíonn …
10 Codlaíonn …

An aimsir láithreach, dara réimniú:
 fréamh + –(a)ím, –(a)íonn tú, –(a)íonn sé/sí,
 –(a)ímid, –(a)íonn sibh, –(a)íonn siad,
 –(a)ítear.

An aimsir láithreach—briathra neamhrialta

An mbíonn sé? — Bíonn / Ní bhíonn

An ndeir sé? — Deireann / Ní deireann

An bhfeiceann? — Feiceann / Ní fheiceann

An bhfaigheann? — Faigheann / Ní fhaigheann

An dtéann? — Téann / Ní théann

An ndéanann? — Déanann / Ní dhéanann

An mbeireann? — Beireann / Ní bheireann

An gcloiseann? — Cloiseann / Ní chloiseann

An itheann? — Itheann / Ní itheann

An dtugann? — Tugann / Ní thugann

An dtagann? — Tagann / Ní thagann

Fréamh	*An chéad phearsa uatha*	*An chéad phearsa iolra*	*Saorbhriathar*
Abair	Deirim	Deirimid	Deirtear
Feic	Feicim	Feicimid	Feictear
Faigh	Faighim	Faighimid	Faightear
Téigh	Téim	Téimid	Téitear
Bí	Bím (gach lá)	Bímid	Bítear
	Táim (anois)	Táimid	Táthar
Déan	Déanaim	Déanaimid	Déantar
Beir	Beirim	Beirimid	Beirtear
Clois	Cloisim	Cloisimid	Cloistear
Ith	Ithim	Ithimid	Itear
Tabhair	Tugaim	Tugaimid	Tugtar
Tar	Tagaim	Tagaimid	Tagtar

A Críochnaigh na habairtí seo.
(Clois; beir; feic; faigh; déan.)
1 … Tomás bronntanas ó Uncail Pól gach Nollaig.
2 … na leanaí a gcairde gach lá.
3 … na leanaí na héin ag canadh gach maidin.
4 … na leanaí obair scoile gach lá.
5 … Úna ar an liathróid sa chluiche gach tráthnóna.

24

B Críochnaigh na habairtí.
   (Tar; bí; deir; téigh; tabhair; ith.)
1 … an chlann úlla gach lá.
2 … an rang paidreacha gach maidin.
3 … an chlann ar cuairt gach Satharn.
4 … San Nioclás gach Nollaig.
5 … an chlann airgead do na daoine bochta gach bliain.
6 … féasta mór ar mo lá breithe gach bliain.

An ndeir tú? — Deirim / Ní deirim
An bhfeiceann tú? — Feicim / Ní fheicim
An bhfaigheann tú? — Faighim / Ní fhaighim
An dtéann tú? — Téim / Ní théim
An mbíonn tú? — Bím / Ní bhím
An bhfuil tú? — Táim / Nílim

An ndéanann tú? — Déanaim / Ní dhéanaim
An mbeireann tú? — Beirim / Ní bheirim
An gcloiseann tú? — Cloisim / Ní chloisim
An itheann tú? — Ithim / Ní ithim
An dtugann tú? — Tugaim / Ní thugaim
An dtagann tú? — Tagaim / Ní thagaim

A Cum ceisteanna do na freagraí seo.
SAMPLA:
Freagra: Ithim mo bhricfeasta gach maidin.
Ceist: An itheann tú do bhricfeasta gach maidin?

1 Tá mé ar scoil anois.
2 Faighim bronntanas ó mo sheanmháthair ar mo lá breithe gach bliain.
3 Beirim ar an liathróid go minic i gcluiche.
4 Feicim mo chairde ar scoil gach lá.
5 Ní chloisim na héin ag canadh san oíche.
6 Tagann na daltaí ar scoil sa bhus gach lá.
7 Bímid ag scríobh ar scoil gach lá.
8 Ithim mo dhinnéar gach tráthnóna.

B Scríobh amach an scéal san aimsir láithreach.

(Bí) Daidí ag baint arbhair. (Téigh) Tomás ag féachaint air. (Feic) sé Daidí thuas ar an inneall bainte. (Tar) Seán chun an tí. (Déan) Mamaí ceapairí blasta do Dhaidí agus (tug) sí do Sheán iad. (Ní clois) Daidí na buachaillí ag glaoch air ar dtús, ach ar ball (feic) sé iad agus (stop) sé an t-inneall bainte. (Deir) sé go bhfuil sé lag leis an ocras, mar (bí) sé ag obair go dian ó mhaidin. (Ith) sé cuid de na ceapairí agus (tug) sé cúpla ceann do na buachaillí. (Tar) Tomás agus Seán abhaile go sona sásta. (Beir) siad ar liathróid agus (téigh) siad amach ag súgradh.

An aimsir fháistineach

Dúnfaidh mé an fhuinneog **i gceann tamaill**.
Ní chuirfidh Mamaí cóta uirthi **nuair a bheidh an lá te**.
Rachaidh mé a chodladh **i gceann uair a chloig**.
Beidh lá saoire againn **Dé Sathairn seo chugainn**.
Rachaimid go dtí an cluiche ar an mbus **amárach**.
Déanfaidh mé m'obair bhaile **nuair a bheidh an dinnéar thart**.

A Críochnaigh na habairtí seo.
1 Ólfaidh mé líomanáid ag an bhféasta … (amárach/inné/gach lá).
2 Baileoidh an múinteoir na haistí … (aréir/maidin amárach/gach tráthnóna).
3 Gearrfaidh Seán an cáca … (gach oíche/seachtain ó shin/nuair a bheidh an dinnéar thart).
4 Cuirfidh mé mo chos san uisce … (anuraidh/gach lá/i gceann tamaill).
5 Ní chuirfidh Máire a cóta uirthi … (le déanaí/inné/nuair a bheidh an lá te).

B Críochnaigh na habairtí seo.
Úsáid focail mar 'amárach', 'Dé Luain seo chugainn', 'i gceann tamaill', 'arú amárach', srl., a bhaineann leis an aimsir fháistineach.
1 Dúnfaidh an múinteoir an fhuinneog …
2 Ólfaidh mé líomanáid …
3 Pósfaidh sí nuair a …
4 Gearrfaidh Micheál an cáca …
5 Ní cheannóidh mé rothar …
6 Cuirfidh Mamaí a cóta uirthi …
7 Beidh lá saoire againn …
8 Baileoidh an múinteoir na cóipleabhair …
9 Rachaidh mé a chodladh …
10 Ní léimfidh mé san uisce nuair a …

An aimsir fháistineach—céad réimniú

An mbrisfidh mé?   Brisfidh/Ní bhrisfidh
An léimfidh mé?   Léimfidh/Ní léimfidh

Brisfidh mé	Brisfimid	
Brisfidh tú	Brisfidh sibh	Brisfear
Brisfidh sé/sí	Brisfidh siad	– an saorbhriathar

SAMPLAÍ EILE

cuirfidh mé; rithfidh mé; bainfidh mé; buailfidh mé; caillfidh mé.

An ndúnfaidh mé?   Dúnfaidh/Ní dhúnfaidh
An líonfaidh mé?   Líonfaidh/Ní líonfaidh

Dúnfaidh mé	Dúnfaimid	
Dúnfaidh tú	Dúnfaidh sibh	
Dúnfaidh sé/sí	Dúnfaidh siad	Dúnfar

SAMPLAÍ EILE

casfaidh mé; ceapfaidh mé; gearrfaidh mé; glanfaidh mé; leagfaidh mé.

An ólfaidh mé?   Ólfaidh/Ní ólfaidh
An íocfaidh mé?   Íocfaidh/Ní íocfaidh

Ólfaidh mé	Ólfaimid	
Ólfaidh tú	Ólfaidh sibh	
Ólfaidh sé/sí	Ólfaidh siad	Ólfar

SAMPLAÍ EILE

iarrfaidh mé; fanfaidh mé; fágfaidh mé; fillfidh mé.

A   Scríobh amach na habairtí seo san aimsir fháistineach.
1 (Bris) mé an píosa adhmaid i gceann tamaill.
2 (Ól) sí buidéal líomanáide amárach.
3 (Léim) Seán san uisce nuair a bheidh sé te.
4 (Gearr) Daidí an cáca tar éis an dinnéir.
5 (Dún) Máire an fhuinneog i gceann uair a chloig.
6 (Glan muid) ár mbróga tar éis an chluiche.
7 (Rith) na páistí abhaile tar éis na scoile.
8 (Bain) an feirmeoir an féar Dé hAoine seo chugainn.
9 (Fill) Mamaí abhaile ón Spáinn arú amárach.
10 (Pós) m'Uncail Seán an bhliain seo chugainn.

B   Scríobh amach na habairtí seo san aimsir fháistineach.
1 (Ní léim) mé thar an mballa amárach.
2 (Ní dún) an múinteoir an fhuinneog nuair a bheidh sé te.
3 (Ní bris) Seán buidéal eile amárach.
4 (Ní fág muid) ár mbróga sa scoil an tseachtain seo chugainn.
5 (Ní cuir) fear an phoist cóta air nuair a bheidh an aimsir te.
6 (An ól) tú líomanáid ag an bhféasta amárach?
7 (An rith) tú sa rás Dé Sathairn seo chugainn?
8 (An glan) tú do bhróga tar éis an tae?
9 (An leag) tú an seanchrann amárach?
10 (An caith) tú tamall le do chara san ospidéal tráthnóna amárach?

C   Freagair na ceisteanna.

An mbrisfidh an múinteoir an píosa cailce?	Brisfidh an múinteoir an píosa cailce.
An mbrisfidh Mamaí an píosa cailce?	Ní bhrisfidh Mamaí an píosa cailce.
An léimfidh Máire isteach san uisce?	Léimfidh …
An léimfidh an cat isteach san uisce?	Ní …
An ngearrfaidh Daidí an cáca?	Gearrfaidh …
An ngearrfaidh fear an phoist an cáca?	…
An nglanfaidh Pól an clár dubh?	…
An nglanfaidh an múinteoir an clár dubh?	…
An ólfaidh an t-áilteoir an líomanáid?	…
An ólfaidh Daidí an líomanáid?	…

D   Críochnaigh na habairtí seo.
1 Gearrfaidh … amárach.
2 Rithfimid … tráthnóna amárach.
3 Ní bhrisfidh … maidin amárach.
4 Dúnfaidh … i gceann tamaill.

5   Ní chuirfidh … nuair a bheidh an lá te.
6   Ní ólfaidh … ag an bhféasta amárach.
7   Glanfaimid … Dé hAoine seo chugainn.
8   Íocfaidh … amárach.
9   Pósfaidh … an tseachtain seo chugainn.
10 Cuirfidh … i gceann tamaill.

1   An aimsir fháistineach:
    Ní + *h*: Ní bhrisfidh mé.
    An + urú + ?: An mbrisfidh sé?
2   An aimsir fháistineach, chéad réimniú:
    fréamh + –**f(a)idh mé**, –**f(a)idh tú**, –**f(a)idh sé/sí**, –**f(a)imid**,
    –**f(a)idh sibh**, –**f(a)idh siad**, –**f(e)ar**.

An aimsir fháistineach—dara réimniú

An gceannóidh?   Ceannóidh/Ní cheannóidh
An gcabhróidh?   Cabhróidh/Ní chabhróidh

Ceannóidh mé   Ceannóimid
Ceannóidh tú   Ceannóidh sibh   Ceannófar –
Ceannóidh sé/sí   Ceannóidh siad   An saorbhriathar

SAMPLAÍ EILE

tosóidh mé; cabhróidh mé; maróidh mé; críochnóidh mé; cuardóidh mé.

An gcruinneoidh?   Cruinneoidh/Ní chruinneoidh.
An ndúiseoidh?   Dúiseoidh/Ní dhúiseoidh.

30

Dúiseoidh mé	Dúiseoimid	
Dúiseoidh tú	Dúiseoidh sibh	
Dúiseoidh sé/sí	Dúiseoidh siad	Dúiseofar

SAMPLAÍ EILE

cuideoidh mé; cóireoidh mé; cruinneoidh mé; coinneoidh mé; deiseoidh mé.

| An imeoidh? | Imeoidh/Ní imeoidh |
| An ullmhóidh? | Ullmhóidh/Ní ullmhóidh |

Imeoidh mé	Imeoimid	
Imeoidh tú	Imeoidh sibh	
Imeoidh sé/sí	Imeoidh siad	Imeofar

SAMPLAÍ EILE

ullmhóidh mé; athróidh mé; éireoidh mé; fáilteoidh mé.

| An osclóidh? | Osclóidh/Ní osclóidh |
| An gceanglóidh? | Ceanglóidh/Ní cheanglóidh |

Osclóidh mé	Osclóimid	
Osclóidh tú	Osclóidh sibh	
Osclóidh sé/sí	Osclóidh siad	Osclófar

SAMPLAÍ EILE

ceanglóidh mé; eitleoidh mé; codlóidh mé;
freagróidh mé; imreoidh mé; inseoidh mé.

A Scríobh amach an abairt go hiomlán san aimsir fháistineach.
1 Ceannóidh mé bronntanas do Dhaidí … (gach lá/amárach/inné).
2 Tosóidh an cluiche … (i gceann tamaill/gach tráthnóna/aréir).
3 Dúiseoidh an leanbh … (aréir/gach oíche/nuair a bheidh ocras uirthi).
4 Éireoidh mé go luath … (maidin amárach/maidin inné/gach maidin).
5 Imreoimid go maith sa chluiche … (tráthnóna inné/tráthnóna amárach/gach tráthnóna).

B Scríobh amach na habairtí seo go hiomlán.
1 (Críochnaigh) mé an scéal i gceann tamaill.
2 (An cabhraigh) tú liom an tae a ullmhú?
3 (Bailigh) an múinteoir na cóipleabhair Dé hAoine seo chugainn.
4 (Ní imigh) Máire thar lear an samhradh seo chugainn.
5 (Éirigh muid) go luath maidin amárach.
6 (Deisigh) mé mo chamán tráthnóna amárach.

C Críochnaigh na habairtí.
(Imigh; ceannaigh; tosaigh; léigh; deisigh.)
1 … an cluiche ar a trí a chlog …
2 … Mamaí cóta nua do Mháire …
3 … siad abhaile ar an mbus …
4 … mo sheanathair an nuachtán …
5 … Mamaí an bréagán …

D Scríobh amach an scéal.

 Dúiseoidh mé …
 Cuirfidh mé …
 Nífidh mé …
 Rithfidh mé …
 Ólfaidh mé …
 Imeoidh mé …

E Críochnaigh na habairtí seo.
1 Foghlaimeoidh …
2 Ceannóidh …
3 Freagróidh …
4 Éireoidh …
5 Osclóidh …
6 Críochnóidh …
7 Cuardóidh …
8 Ullmhóidh …
9 Labhróimid …
10 Baileofar …

An aimsir fháistineach, dara réimniú:
Leathan:
 fréamh + –óidh mé, –óidh tú, –óidh sé/sí, –óimid, –óidh sibh, –óidh siad, –ófar.
Caol:
 fréamh + –eoidh mé, –eoidh tú, –eoidh sé/sí, –eoimid, –eoidh sibh, –eoidh siad, –eofar.

An aimsir fháistineach—briathra neamhrialta

An mbeidh? — Beidh / Ní bheidh
An ndéarfaidh? — Déarfaidh / Ní déarfaidh
An bhfeicfidh? — Feicfidh / Ní fheicfidh
An bhfaighidh? — Gheobhaidh / Ní bhfaighidh
An rachaidh? — Rachaidh / Ní rachaidh
An ndéanfaidh? — Déanfaidh / Ní dhéanfaidh

An mbéarfaidh? — Béarfaidh / Ní bhéarfaidh
An gcloisfidh? — Cloisfidh / Ní chloisfidh
An íosfaidh? — Íosfaidh / Ní íosfaidh
An dtabharfaidh? — Tabharfaidh / Ní thabharfaidh
An dtiocfaidh? — Tiocfaidh / Ní thiocfaidh

Fréamh	An chéad phearsa uatha	An chéad phearsa iolra	Saorbhriathar
Abair	Déarfaidh mé	Déarfaimid	Déarfar
Feic	Feicfidh mé	Feicfimid	Feicfear
Faigh	Gheobhaidh mé	Gheobhaimid	Gheofar
Téigh	Rachaidh mé	Rachaimid	Rachfar
Bí	Beidh mé	Beimid	Beifear
Déan	Déanfaidh mé	Déanfaimid	Déanfar
Beir	Béarfaidh mé	Béarfaimid	Béarfar
Clois	Cloisfidh mé	Cloisfimid	Cloisfear
Ith	Íosfaidh mé	Íosfaimid	Íosfar
Tabhair	Tabharfaidh mé	Tabharfaimid	Tabharfar
Tar	Tiocfaidh mé	Tiocfaimid	Tiocfar

A Críochnaigh na habairtí.
(Déan; faigh; clois; beir; feic.)
1 … ar an liathróid.
2 … an cluiche mór ar an teilifís …
3 … ceol ar an raidió …
4 … bronntanas deas um Nollaig.
5 … mé m'obair bhaile ar a sé …

B Críochnaigh na habairtí.
(Tar; abair; téigh; ith; bí; tabhair.)
1 … mé an cáca tar éis an dinnéir.
2 … chuig an cluiche i gceann tamaill.
3 … mo phaidreacha roimh dhul a chodladh dom anocht.
4 An … tú amach ag súgradh sa sneachta?
5 … bronntanas do fhear an phoist amárach.
6 Ní … mé ag rith sa rás Dé Sathairn seo chugainn.

C Scríobh amach an scéal san aimsir fháistineach.
(Téigh) Seán agus Nóra go dtí Baile Átha Cliath ar an mbus Dé Sathairn seo chugainn. (Bí) áthas an domhain orthu nuair a (sroich) siad stad na mbus. (Ceannaigh) siad ticéad ar an mbus. (Faigh) siad milseáin agus éadaí nua sna siopaí. Um thráthnóna (tar) siad abhaile. (Léigh) siad irisleabhar ag teacht abhaile. (Suigh) siad in aice na fuinneoige. (Ith) siad béile nuair a (tar) siad abhaile.

An modh coinníollach

Chuirfeadh Mamaí cóta uirthi dá mbeadh sé ag cur fearthainne.
D'ólfainn deoch dá mbeadh tart orm.
Dhúnfadh an múinteoir an fhuinneog dá mbeadh an ghaoth ag séideadh.
Cheannóinn milseáin dá mbeadh airgead agam.
Bhaileodh Seán na húlla dá mbeadh siad aibí.

An modh coinníollach – céad réimniú

Bhrisfinn	Bhrisfimis	
Bhrisfeá	Bhrisfeadh sibh	
Bhrisfeadh sé/sí	Bhrisfidís	Bhrisfí

SAMPLAÍ EILE

chuirfinn; rithfinn; bhainfinn; bhuailfinn; chaillfinn; chaithfinn; léimfinn.

Dhúnfainn	Dhúnfaimis	
Dhúnfá	Dhúnfadh sibh	
Dhúnfadh sé/sí	Dhúnfaidís	Dhúnfaí

SAMPLAÍ EILE

chasfainn; cheapfainn; ghearrfainn; ghlanfainn; leagfainn; leanfainn.

D'ólfainn	D'ólfaimis	
D'ólfá	D'ólfadh sibh	
D'ólfadh sé/sí	D'ólfaidís	D'ólfaí

SAMPLAÍ EILE

d'íocfainn; d'iarrfainn; d'fhásfainn; d'fhanfainn; d'fhágfainn; d'fhillfinn.

A Scríobh na habairtí seo sa mhodh coinníollach.
1. Dá mbeadh mo bhróga fliuch (bain) díom iad.
2. (Las mé) an tine dá mbeadh sé fliuch.
3. (Ól muid) deoch dá mbeadh tart orainn.
4. (Glan) an múinteoir an clár dubh dá mbeadh sé salach.
5. (Rith mé) go tapa dá mbeinn déanach.
6. Dá mbeadh sé ag cur fearthainne (cuir mé) cóta orm.
7. (Fan) an chlann cois tine dá mbeadh sé ag cur sneachta.
8. Dá mbeadh an lá te (léim muid) isteach san fharraige.
9. (Líon) Daidí an crúsca le bainne dá mbeadh sé folamh.
10. Dá mbeadh go leor airgid ag Mamaí (caith) sí é ar thuras thar lear.

B Scríobh amach na briathra seo go hiomlán sa mhodh coinníollach.
Lean; cuir; cas; fill.

1. *h* (séimhiú) sa mhodh coinníollach.
2. An modh coinníollach:
   Ní + *h*: Ní bhrisfinn.
   An + urú + ?: An mbrisfeadh sé?
3. An chéad réimniú:
   fréamh + –f(a)inn, f(e)á, –f(e)adh sé/sí, –f(a)imis, –f(e)adh sibh, –f(a)idís, –f(a)í.

An modh coinníollach—dara réimniú

Cheannóinn	Cheannóimis	
Cheannófá	Cheannódh sibh	
Cheannódh sé/sí	Cheannóidís	Cheannófaí

SAMPLAÍ EILE

thosóinn; chabhróinn; mharóinn; chríochnóinn; chuardóinn.

Dheiseoinn	Dheiseoimis	
Dheiseofá	Dheiseodh sibh	
Dheiseodh sé/sí	Dheiseoidís	Dheiseofaí

SAMPLAÍ EILE
chuideoinn; chóireoinn; chruinneoinn; choinneoinn; dhúiseoinn.

D'imeoinn	D'imeoimis	
D'imeofá	D'imeodh sibh	
D'imeodh sé/sí	D'imeoidís	D'imeofaí

SAMPLAÍ EILE
d'ullmhóinn; d'athróinn; d'éireoinn; d'fháilteoinn.

Labhróinn	Labhróimis	
Labhrófá	Labhródh sibh	
Labhródh sé/sí	Labhróidís	Labhrófaí

SAMPLAÍ EILE
cheanglóinn; d'eitleoinn; d'osclóinn; chodlóinn; d'fhreagróinn.

A Scríobh amach na habairtí seo go hiomlán.
1 (Ceannaigh mé) rothar dá mbeadh an t-airgead agam.
2 Dá mbeadh turas fada romhainn (éirigh muid) go moch ar maidin.
3 (Bailigh) an múinteoir na cóipleabhair dá mbeadh an rang críochnaithe leo.
4 Dá mbeadh tuirse orm (imigh mé) a chodladh go luath.
5 (Tosaigh) an réiteoir an cluiche dá mbeadh an dá fhoireann réidh.
6 Dá mbéarfadh cat ar luch (maraigh) sé é.
7 (Cuardaigh) na Gardaí an scoil dá mbeadh gadaí i bhfolach inti.
8 Dá mbeadh ocras orm (ullmhaigh mé) béile mór.
9 (Cruinnigh) na páistí cnónna dá mbeadh an fómhar ann.
10 Dá mbeadh an t-eolas agam (freagair mé) an cheist.

B Scríobh amach na briathra seo go hiomlán, sa mhodh coinníollach.
Cuidigh; éirigh; tosaigh; oscail.

1. An modh coinníollach, dara réimniú:
Leathan:
   fréamh + **–óinn, –ófá, –ódh sé/sí, –óimis, –ódh sibh, –óidís, –ófaí.**
Caol:
   fréamh + **–eoinn, –eofá, –eodh sé/sí, –eoimis, –eodh sibh, –eoidís, –eofaí.**

2. *Sentences beginning with* '**Dá mbeadh**' *have all other verbs in the conditional mood* (modh coinníollach):
   Dá mbeadh tart orm **d'ólfainn** deoch.
   Dá mbeadh an lá go breá **rachaimis** cois farraige.

3. 'Dá' + modh coinníollach: urú ar an mbriathar:
   Dá **mbrisfinn** an fhuinneog bheadh fearg ar Dhaidí.
   Dá **gceannódh** Mamaí an cóta sin dom bheadh ardáthas orm.

An modh coinníollach—briathra neamhrialta

Fréamh	*An chéad phearsa uatha*	*An chéad phearsa iolra*	*Saorbhriathar*
Abair	Déarfainn	Déarfaimis	Déarfaí
Feic	D'fheicfinn	D'fheicfimis	D'fheicfí
Faigh	Gheobhainn	Gheobhaimis	Gheofaí
Téigh	Rachainn	Rachaimis	Rachfaí
Bí	Bheinn	Bheimis	Bheifí
Déan	Dhéanfainn	Dhéanfaimis	Dhéanfaí
Beir	Bhéarfainn	Bhéarfaimis	Bhéarfaí
Clois	Chloisfinn	Chloisfimis	Chloisfí
Ith	D'íosfainn	D'íosfaimis	D'íosfaí
Tabhair	Thabharfainn	Thabharfaimis	Thabharfaí
Tar	Thiocfainn	Thiocfaimis	Thiocfaí

A Scríobh amach na habairtí seo go hiomlán.
1. Dá mbeadh ocras orm (ith mé) bia.
2. (Téigh muid) cois farraige dá mbeadh an samhradh ann.
3. Dá mbeadh sé sa bhaile (feic) Daidí an cluiche ar an teilifís.

4 (Clois) Máire ceol binn na n-éan dá mbeadh sí faoin tuath.
5 Dá mbeadh deich bpunt agam (faigh mé) milseáin sa siopa.
6 (Abair) an chlann a bpaidreacha dá mbeadh siad ag dul a chodladh.
7 (Déan) na daltaí ceapairí dá mbeadh arán, im agus cáis acu.
8 Dá mbeadh tarbh sa pháirc ní (téigh) na daltaí amach inti.
9 Dá mbeadh a lán airgid agam (tabhair mé) cuid de do na daoine bochta.
10 D'ólfadh an cat deoch dá (bí) tart air.

An briathar—súil siar

Fréamh	Aimsir chaite	Aimsir láithreach	Aimsir fháistineach	Modh coinníollach
Bris	Bhris mé	Brisim	Brisfidh mé	Bhrisfinn
Dún	Dhún mé	Dúnaim	Dúnfaidh mé	Dhúnfainn
Ól	D'ól mé	Ólaim	Ólfaidh mé	D'ólfainn
Fan	D'fhan mé	Fanaim	Fanfaidh mé	D'fhanfainn
Ceannaigh	Cheannaigh mé	Ceannaím	Ceannóidh mé	Cheannóinn
Deisigh	Dheisigh mé	Deisím	Deiseoidh mé	Dheiseoinn
Imigh	D'imigh mé	Imím	Imeoidh mé	D'imeoinn
Labhair	Labhair mé	Labhraím	Labhróidh mé	Labhróinn
Abair	Dúirt mé	Deirim	Déarfaidh mé	Déarfainn
Feic	Chonaic mé	Feicim	Feicfidh mé	D'fheicfinn
Faigh	Fuair mé	Faighim	Gheobhaidh mé	Gheobhainn
Téigh	Chuaigh mé	Téim	Rachaidh mé	Rachainn
Bí	Bhí mé	Bím / Táim	Beidh mé	Bheinn
Déan	Rinne mé	Déanaim	Déanfaidh mé	Dhéanfainn
Beir	Rug mé	Beirim	Béarfaidh mé	Bhéarfainn
Clois	Chuala mé	Cloisim	Cloisfidh mé	Chloisfinn
Ith	D'ith mé	Ithim	Íosfaidh mé	D'íosfainn
Tabhair	Thug mé	Tugaim	Tabharfaidh mé	Thabharfainn
Tar	Tháinig mé	Tagaim	Tiocfaidh mé	Thiocfainn

A Scríobh amach na habairtí seo san aimsir chaite.
1. (Déan) Mamaí a lán oibre sa ghairdín tráthnóna inné.
2. (Ní déan) mé aon obair an tseachtain seo caite, mar (bí) mé tinn.
3. (Téigh) an chlann go dtí an t-aerfort inné.
4. (Bris) fear an phoist a chos nuair a (tit) sé den rothar cúpla lá ó shin.
5. (Ní éirigh muid) go luath ar maidin mar (bí muid) sa leaba go déanach aréir.
6. (Fill) na páistí abhaile tar éis saoire an tsamhraidh aréir.
7. (Tosaigh) an t-eitleán ag gluaiseacht ar ball.
8. (Ní bí) Máire ag rothaíocht faoin tuath inné, (bí) sí ag siúl.
9. (Ní dúisigh) mé go dtí a naoi a chlog maidin inné.
10. (Feic muid) timpiste ar an mbóthar aréir.

B Críochnaigh na habairtí seo.
1. Bhris mé mo lámh nuair …
2. Bhí áthas an domhain orainn mar …
3. Ceannaíonn Mamaí an nuachtán agus …
4. Dá mbeadh tart orm …
5. Feiceann siad cláir theilifíse …
6. D'oscail Seán an doras nuair a …
7. Chaill siad an t-airgead agus …
8. Bhí eagla orthu mar …
9. Dá mbeadh ocras ar Liam …
10. Rachaidh mé go dtí an leabharlann agus …

C Scríobh amach an scéal seo san aimsir chaite.
Cuir na briathra seo sa scéal: éirigh; cuir; nigh; abair; rith; bí; ith; ól; beir; déan; oscail; faigh; fág; dún; imigh; tosaigh.
1. … mé go moch ar maidin.
2. … mé mo chuid éadaí orm.
3. … mé m'aghaidh agus mo lámha.
4. … mé mo phaidreacha.
5. … mé síos an staighre.
6. … ocras orm.
7. … mé mo bhricfeasta.
8. … mé cupán tae.
9. … mé ar mo mhála scoile.
10. … Mamaí dearmad ar mo lón.
11. … mé doras an gharáiste.
12. … mé mo rothar.
13. … mé slán ag Mamaí.
14. … mé an geata go cúramach.
15. … mé liom ar scoil.
16. … mé ag foghlaim gan mhoill.

D Scríobh amach an scéal thuas san aimsir láithreach.

E Scríobh amach na habairtí seo go hiomlán.
1. (Cuir) mé mo mhadra amach ina chonchró gach oíche.
2. (Ceannaigh) na páistí milseáin dá mbeadh airgead acu.

3 (Seas) Daidí ag stad na mbus maidin amárach.
4 (Clois muid) madra ag tafann aréir.
5 (Ní bí) na daltaí ar scoil gach Satharn.
6 (Beir) an cat ar luch aréir.
7 (Ith mé) béile mór dá mbeadh ocras orm.
8 (An téigh) an chlann cois farraige gach samhradh?
9 (Fill muid) ar scoil tar éis saoire na Nollag gach bliain.
10 Dá mbuailfeadh Máire an liathróid go láidir sa chlós (bris) sí an fhuinneog.

AN RÉAMHFHOCAL

ar, ag, do, roimh, as, le, ó, seachas, mar, trí, um, faoi, de, chuig, go, os …

A De ghnáth bíonn *séimhiú* (*h* i ndiaidh an chéad chonsain) ar ainmfhocail a thagann díreach i ndiaidh na réamhfhocal seo:

Le foghlaim

Ar, do, mar, ó, faoi, um, roimh, de, trí.

SAMPLAÍ

1. Bhí ocras ar **Sheán** inné.
2. Thug Aintín Síle airgead do **Mháire**.
3. D'úsáid Daidí píosa adhmaid mar **chasúr**.
4. Chuaigh an fear déirce ó **dhoras** go doras.
5. Bhí bláthanna ag fás faoi **chrann** sa ghairdín.
6. Tháinig mé abhaile ón scoil um **thráthnóna**.
7. D'fhill Seán abhaile roimh **Mhairéad**.
8. De **ghnáth** bíonn an aimsir fliuch sa gheimhreadh.
9. Bhris mé mo chos trí **thimpiste**.

B Ní bhíonn séimhiú ná urú i ndiaidh na réamhfhocal seo:
Ag, chuig, as, go, le, os, seachas.

SAMPLAÍ

1. Stop an bus ag **geata** na scoile.
2. Chuaigh Mamaí chuig **cruinniú** na dtuismitheoirí sa scoil.
3. Bhain madra geit as **Daidí**.
4. Chuaigh mé go **Corcaigh**.
5. Ní fhaca mé m'Uncail Pól le **fada**.
6. Sheas an múinteoir os **comhair** an ranga.
7. Ní raibh cailín eile ann seachas **Mairéad**.

C Urú

Urú	Litir	Sampla
m	b	ag an **mballa**
g	c	leis an **gcat**
n	d	i **ndán**
bh	f	ag an **bhfuinneog**
n	g	ar an **ngúna**
b	p	i **bpáirc**
d	t	i **dteach**

Nóta

1. Ní bhíonn urú ar ghuta i ndiaidh réamhfhocal agus 'an':
   ar an **urlár**
   ar an **eitleán**
2. Ní bhíonn urú ar *d* nó *t* i ndiaidh réamhfhocal agus 'an':
   ag an **tine**
   leis an **dochtúir**
   ar an **talamh**
3. Bíonn séimhiú i ndiaidh 'don' (= do + an), 'den' (= de + an) agus 'sa' (= ins an), ach amháin ar *d, s* nó *t*:
   Tabhair an leabhar sin don **mhúinteoir**.
   Leag Breandán an buidéal den **bhord**.
   Tá an t-arán sa **chófra** sin.

D Bíonn urú i ndiaidh 'i' nuair nach bhfuil 'an' ná 'na' leis an ainmfhocal.
De ghnáth bíonn urú i ndiaidh réamhfhocail nuair atá 'an' leis an ainmfhocal.

SAMPLAÍ

1. Bhí mé i **gcruachás** nuair a bhris mé an fhuinneog.
2. Bhí leabhar ar an **mbord**.
3. Rith an piscín isteach faoin (faoi an) **gcathaoir**.
4. D'fhág mé mo rothar ag an **ngeata**.

E Scríobh amach na habairtí seo go hiomlán:
1. Tá an cat ar an (bord).
2. Chonaic mé an hata faoin (cathaoir).
3. Bhí Máire ag an (aerfort) le (Mamaí) inné.
4. Téann fear an phoist ó (teach) go teach.
5. Bhí cluiche mór i (Páirc an Chrócaigh) inné.
6. Thit an chailc ar an (urlár).
7. Beidh féasta mór againn um (tráthnóna).
8. Bhuail mé leis an (dochtúir) san ospidéal.
9. Ní maith liom na cnaipí atá ar an (gúna) seo.
10. Bhí áthas ar (Pól) nuair a fuair sé rothar nua ó (Mamaí).
11. D'fhág sé an rothar ag an (balla).
12. Ná caith bruscar ar an (talamh).
13. Sheas mé ag an (fuinneog).
14. Bhí brón ar (Micheál) nuair a chuala sé go raibh a chara tinn.
15. D'éirigh liom an t-airgead a thógáil as an (báisín).

1. Ar, do, mar, ó, faoi, um, roimh, de, trí + séimhiú:
   Bhí eagla ar **Thomás**.
2. Réamhfhocal + 'an' + urú:
   ar an **mbord**.
3. Don (= do + an), den (= de + an), sa (= ins an) + séimhiú:
   don **bhuachaill**; den **bhus**; sa **mhála**.

An forainm réamhfhoclach

Ar:

Tá hata orm	orm: mé
Tá hata ort	ort: tú
Tá hata air	air: sé
Tá hata uirthi	uirthi: sí
Tá hataí orainn	orainn: muid
Tá hataí oraibh	oraibh: sibh
Tá hataí orthu	orthu: siad

orm	orainn
ort	oraibh
air/uirthi	orthu

Abairtí eile
1. Tá (ocras/tart/tuirse/fearg/deifir/éad/náire/imní/díomá/biseach/amhras) **orm**.
2. Chuir sí (cóta/hata/gúna/scaif/bróga/stocaí) **uirthi**.
3. Bhí slaghdán **air** inné.
4. D'iarr an múinteoir **orm** an doras a dhúnadh.
5. Bail ó Dhia **ort**!
6. Brostaigh **ort**—tá tú mall!
7. Lig mé **orm** go raibh mé tinn.
8. Bíonn **orthu** teacht isteach ar a seacht a chlog gach maidin.

Líon na bearnaí sna habairtí seo:
1. Tá Breandán ag dul ar scoil. Tá an lá fliuch. Tá cóta mór _____.
2. Tá Máire ag dul ar scoil. Tá an lá te. Níl cóta mór _____.
3. Tá mé ag dul amach. Tá an aimsir fuar. Tá cóta mór _____.
4. Chonaic siad taibhse. Bhí eagla an domhain _____.
5. Tá tú déanach don scoil. Tá tú ag rith. Tá deifir _____.
6. Bhí na cailíní ag casacht. Bhí slaghdán _____.
7. Níor ith sí a dinnéar, agus tá ocras _____ anois.
8. Tá Nuala ag dul ar scoil. Tá scaif agus cóta _____.
9. Bhí na leanaí tinn inné, ach tá biseach _____ anois.
10. D'inis sibh bréag. An bhfuil náire _____ anois?

Le:

Is maith liom úll	liom: mé
An maith leat úll?	leat: tú
Is maith leis úll	leis: sé
Is maith léi úll	léi: sí
Is maith linn úlla	linn: muid
An maith libh úlla?	libh: sibh
Is maith leo úlla	leo: siad

liom	linn
leat	libh
leis/léi	leo

Abairtí eile
1. D'éirigh **leis** an t-airgead a thógáil as an mbáisín.
2. Chabhraigh mé **leis** dul suas ar an mballa.
3. D'fhan sé **liom** ag stad an bhus.
4. Is maith **liom** uachtar reoite ach is fearr liom seacláid.
5. Is maith is cuimhin **liom** lá na timpiste.
6. Is trua **liom** go bhfuil tú tinn.
7. Dúirt sé **linn** an doras a dhúnadh.
8. Ní féidir **leis** an fhuinneog a oscailt.
9. Cé **leis** an scaif seo?
10. Labhair an múinteoir go cneasta **leo**.

Líon na bearnaí sna habairtí seo:
1. Tá piscín ag Nóra agus is maith _____ go mór é.
2. Tá madra ag Breandán agus is maith _____ go mór é.
3. Fuair mé féin agus Micheál bronntanais agus is maith _____ go mór iad.
4. Fuair tú féin agus Úna bronntanais. An maith _____ iad?
5. Chuaigh an fear ag iascaireacht. Bhí a mhac in éineacht _____.
6. Bhí Mamaí ag obair. Chabhraigh Tomás _____.
7. Fuair Pól a chóta agus amach _____ ag súgradh.
8. Bhí Áine ag imirt peile. D'éirigh _____ cúl a fháil.
9. Is maith liom úlla ach is fearr _____ oráistí.
10. Tá rothar nua ag Dónall agus is breá _____ é.

Ag:
Tá leabhar nua agam	agam: mé
Tá leabhar nua agat	agat: tú
Tá leabhar nua aige	aige: sé
Tá leabhar nua aici	aici: sí
Tá leabhair nua againn	againn: muid
Tá leabhair nua agaibh	agaibh: sibh
Tá leabhair nua acu	acu: siad

agam	againn
agat	agaibh
aige/aici	acu

Abairtí eile
1. Tá (rothar nua/airgead/madra/caoga pingin) **agam**.
2. Tá (snámh/ceol/damhsa) **aici**.
3. Tá an ceart **agaibh**.
4. Tá sé ar intinn **againn** dul ag iascaireacht.
5. An bhfuil an t-amhrán sin **agat**?
6. Ní raibh aon dul as **agam**.
7. Tá súil **agam** go mbeidh an ghriain ag taitneamh amárach.
8. Bhí suim **aige** (sa chócaireacht/sa léitheoireacht/sa pheil/sa cheol).
9. An bhfuil an méid sin (déanta/scríofa/léite) **agat** fós?
10. Go raibh maith **agaibh**.

Líon na bearnaí sna habairtí seo:
1. Tháinig mé ar scoil ar maidin. Bhí mála scoile _____.
2. Tháinig mo chairde ar scoil. Bhí málaí scoile _____ freisin.
3. Seo í Áine. Tá rothar nua _____.
4. Seo é Tomás. Tá liathróid peile _____.
5. Bhí sibh ag siopadóireacht. Tá go leor beartanna _____.
6. Tá siad ag snámh san fharraige. Tá an snámh go maith _____.
7. Thángamar abhaile. Bhí iasc _____ don tae.
8. Seo iad Pádraig agus Liam. Tá ríomhaire nua _____.
9. Tháinig San Nioclás chuige. Tá go leor bréagán _____ anois.
10. 'Tá caoga pingin agam,' arsa Tomás le Máire. 'Cé mhéad atá _____?'

Do:

Thug sé úll dom	dom: mé
Thug sé úll duit	duit: tú
Thug sé úll dó	dó: sé
Thug sé úll di	di: sí
Thug sé úlla dúinn	dúinn: muid
Thug sé úlla daoibh	daoibh: sibh
Thug sé úlla dóibh	dóibh: siad

dom	dúinn
duit	daoibh
dó/di	dóibh

Abairtí eile
1 B'éigean **dom** an solas a lasadh.
2 Thug Mamaí (ceapairí blasta/airgead/bronntanas) **dom**.
3 (Nollaig shona/Lá breithe sona/Athbhliain faoi mhaise) **duit**.
4 Dia **duit**.
5 Taispeáin **dom** do rothar nua.
6 Tháinig gadaí isteach gan fhios **dom**.
7 Rinne siad campa **dóibh** féin.
8 Tugadh cead **di** dul abhaile.
9 Thug sé léasadh teanga **dom**.
10 Cad is ainm **duit**? … is ainm **dom**.

Líon na bearnaí sna habairtí seo:
1 Nuair a tháinig Lorcán isteach, thug Mamaí an litir ____.
2 Nuair a tháinig mé abhaile, thug Mamaí cupán tae _____.
3 Nuair a thángamar abhaile ón scoil, thug Daidí ceapairí _____.
4 Nuair a tháinig Mairéad isteach, thug Mamaí bainne ____.
5 Nuair a tháinig siad abhaile, thug Mamaí airgead _____.
6 Bhí Tomás sa siopa. Thug an siopadóir arán ____.
7 Bhí Síle sa leabharlann. Tugadh leabhar ____.
8 Bhí mé féin agus Gearóid sa siopa. Thug an siopadóir milseáin _____.
9 Bhí tú sa bhaile. Thug Mamaí brioscaí _____, is dócha.
10 Bhí sibh ar scoil. Thug an múinteoir leabhair _____, is dócha.

As:

Bhain taibhse geit asam	asam: mé
Ar bhain taibhse geit asat?	asat: tú
Bhain taibhse geit as	as: sé
Bhain taibhse geit aisti	aisti: sí
Bhain taibhse geit asainn	asainn: muid
Bhain taibhse geit asaibh	asaibh: sibh
Bhain taibhse geit astu	astu: siad

asam	asainn
asat	asaibh
as/aisti	astu

Abairtí eile
1. Ní raibh focal ar bith **asam**.
2. Bhuaigh sé duais; bhí an chlann go léir bródúil **as**.
3. Ní raibh aon dul **as** agam ach tumadh díreach isteach san uisce.
4. Lig siad béic **astu**.
5. Fuair sí rothar nua; bhí sí ag maíomh **as**.
6. D'imigh an bád **as** radharc.
7. Bhí sé **as** a mheabhair leis an bpian.
8. Rinne na buachaillí cáca **as** a stuaim féin.
9. D'íoc mé **as** an leabhar.
10. D'éirigh m'uncail **as** a phost le déanaí.

Líon na bearnaí sna habairtí seo:
1. Bhí eagla ar Úna. Lig sí scread _____.
2. Bhí eagla orm. Lig mé scread _____.
3. Chonaic siad púca. Baineadh geit _____.
4. Chonaic mé féin agus mo chara tarbh sa pháirc. Baineadh geit _____.
5. Bhí sí ag an gcluiche. Lig sí béic _____ nuair a fuair a cara cúl.
6. Nuair a chonaic sibh an sionnach, ar lig sibh béic _____?
7. Bhí eagla ort. Ar lig tú scread _____?
8. Bhí Síle ina tost. Ní raibh focal _____.
9. Bhí mo scornach tinn agus ní raibh focal _____.
10. Bhuaigh siad an duais. Bhí Mamaí an-bhródúil _____.

Roimh:

Chuir an múinteoir fáilte romham	romham: mé
Ar chuir an múinteoir fáilte romhat?	romhat: tú
Chuir an múinteoir fáilte roimhe	roimhe: sé
Chuir an múinteoir fáilte roimpi	roimpi: sí
Chuir an múinteoir fáilte romhainn	romhainn: muid
Ar chuir an múinteoir fáilte romhaibh?	romhaibh: sibh
Chuir an múinteoir fáilte rompu	rompu: siad

romham	romhainn
romhat	romhaibh
roimhe/roimpi	rompu

Abairtí eile
1. Chuir Aintín Úna fáilte romham.
2. Chuaigh mé go dtí an siopa; bhí mo chara ann **romham**.
3. Bhí slua mór ag an gceolchoirm **romhainn**.
4. Críost **romham**, Críost i mo dhiaidh.
5. Níl eagla ar bith orm **roimhe**.
6. Beidh ceolchoirm sa scoil **roimh** an Nollaig.
7. Bhí an cluiche ag tosú ar a trí. Bhí lón againn **roimh** ré.
8. Ní thagann ciall **roimh** aois.

Líon na bearnaí sna habairtí seo:
1. Tháinig Aintín Úna ar cuairt chugainn. Chuir Daidí fáilte _____.
2. Nuair a tháinig mé isteach cuireadh fáilte _____.
3. Chonaic mé madra fíochmhar. Bhí eagla orm _____.
4. Ritheamar go tapa, ach mar sin féin bhí tusa sa bhaile _____.
5. Tháinig na turasóirí ar cuairt agus cuireadh fáilte _____.
6. Chuaigh mé go dtí an linn snámha. Bhí slua ann _____.
7. Bhí Nóra déanach don scoil. Bhí gach duine ann _____.
8. Nuair a chuaigh sibh isteach, ar cuireadh fáilte _____?
9. Nuair a chuaigh mé féin agus mo chara isteach, níor cuireadh fáilte _____.
10. Chonaic sí tarbh mór. Bhí eagla an domhain uirthi _____.

De:

Bhain mé mo bhróga díom	díom: mé
Bhain tú do bhróga díot	díot: tú
Bhain sé a bhróga de	de: sé
Bhain sí a bróga di	di: sí
Bhaineamar ár mbróga dínn	dínn: muid
Bhain sibh bhur mbróga díbh	díbh: sibh
Bhain siad a mbróga díobh	díobh: siad

díom	dínn
díot	díbh
de/di	díobh

Abairtí eile
1. Thuirling mé **den** bhus ag geata na scoile. (*I got off the bus …*)
2. Labhair an múinteoir **de** ghuth ard. (*… in a loud voice.*)
3. Rinne mé praiseach **de**. (*I made a mess of it.*)
4. D'fhiafraigh sí **dínn** cá raibh a rothar. (*She asked us where her bicycle was.*)
5. Bhailigh mé sméara dubha; ansin d'ith mé roinnt **díobh**.
6. D'éirigh mé tuirseach **de**. (*I got tired of it.*)
7. Táim cinnte **de** go mbeidh an bua againn. (*I am certain that we will win.*)
8. Cuir **díot** go tapa! (*Off with you!*)

Críochnaigh na habairtí seo.
1. Bhain mé mo chóta _____.
2. Bhain Máire a cóta ____.
3. Bhain fear an phoist a hata ____.
4. Bhain an bhanaltra a bróga ____.
5. Bhaineamar na bróga _____.
6. D'fhiafraigh Mamaí (mé) _____ cá raibh an nuachtán.
7. D'fhiafraigh sí (muid) _____ cá raibh a mála.
8. Bhailigh siad cnónna; ansin d'ith siad roinnt _____.

Chun/chuig:
Scríobh Tomás litir chugam	chugam: mé
Scríobh Tomás litir chugainn	chugat: tú
Scríobh Tomás litir chugat	chuige: sé
Scríobh Tomás litir chugaibh	chuici: sí
Scríobh Tomás litir chuige	chugainn: muid
Scríobh Tomás litir chucu	chugaibh: sibh
Scríobh Tomás litir chuici	chucu: siad

chugam	chugainn
chugat	chugaibh
chuige/chuici	chucu

Abairtí eile
1. Chuir siad **chun** bóthair go luath. (*They set out …*)
2. Shuíomar **chun** boird. (*We sat down at the table.*)
3. Cad **chuige** an peann dearg?
4. Ar sheol do chara beart **chugat** ar do lá breithe?
5. Bhuail Máire isteach sa teach **chucu** aréir.
6. Tháinig mé **chugam** féin.
7. Bhí Mamaí tinn: tháinig an dochtúir ar cuairt **chuici**.
8. Shroich mé an scoil ar deich **chun** a naoi.

Críochnaigh na habairtí seo.
1. Nuair a bhí tú san ospidéal ar scríobh Tomás _____?
2. Thug Daidí leabhar (mé) _____ ón leabharlann inné.
3. Bhí Máire tinn. Chuaigh mé ar cuairt _____.
4. Bhí Daidí tinn; tháinig an dochtúir ar cuairt _____.
5. Rachaimid ar saoire an tseachtain seo _____.
6. Bhí mo thuismitheoirí sa bhaile. Tháinig an sagart ar cuairt _____.
7. An scríobhfaidh tú _____ nuair a bheidh mé as baile?
8. Chuir mé _____ bóthair go luath.
9. Tháinig Seán _____ féin i ndiaidh na timpiste.
10. Féachfaidh Mamaí _____ go mbeidh gach rud i gceart.

Faoi:

Tá siad ag magadh fúm	fúm: mé
Tá siad ag magadh fút	fút: tú
Tá siad ag magadh faoi	faoi: sé
Tá siad ag magadh fúithi	fúithi: sí
Tá siad ag magadh fúinn	fúinn: muid
Tá siad ag magadh fúibh	fúibh: sibh
Tá siad ag magadh fúthu	fúthu: siad

fúm	fúinn
fút	fúibh
faoi/fúithi	fúthu

Abairtí eile
1. Bhí na paistí ag dul **faoi** láimh an easpaigh (*being confirmed*).
2. Tá an aimsir go breá **faoi** láthair (*at present*).

3 Bhí fuadar **fúthu** (*they were rushing*) ar an mbealach abhaile.
4 Bhí an teach fúinn **féin** againn. (*We had the house to ourselves.*)
5 Bhí mo rothar briste. 'Fág **fúm** é (*Leave it to me*),' arsa Daidí.
6 Bhí timpiste ar an mbóthar; bhí gach duine ag caint **faoi**.
7 Thug mé **faoin** gceist.

---

1 Bhí fuadar (mé) _____ ar an mbealach abhaile.
2 Níl an aimsir go breá _____ láthair.
3 Buail (tú) _____ ansin cois na tine.
4 Chuir siad _____ sa chathair.
5 Tá mo mhála briste. 'Fág _____ é,' arsa Mamaí.
6 Chuaigh ár rang amach go luath; bhí an clós _____ féin againn.
7 Bhí fuadar (sí) _____ ar an mbealach abhaile.
8 Chonaiceamar an ghrian ag dul _____ inné.

Ó:

Fuair Pól airgead uaim   uaim: mé
Fuair Pól airgead uait   uait: tú
Fuair Pól airgead uaidh   uaidh: sé
Fuair Pól airgead uaithi   uaithi: sí
Fuair Pól airgead uainn   uainn: muid
Fuair Pól airgead uaibh   uaibh: sibh
Fuair Pól airgead uathu   uathu: siad

---

uaim   uainn
uait   uaibh
uaidh/uaithi   uathu

Abairtí eile
1 Bíonn lá saor againn **ó** am go ham.
2 Is **ó** Chill Dara í. (*She is from Kildare.*)
3 Fuair Pól airgead **ó** Mháire.
4 D'imigh na cosa **uaim** ar an leac oighir.
5 Caith **uait** an milseán salach sin.
6 Tá tuilleadh feola ag teastáil **uaim** más é do thoil é.
7 Tá mála mór ag teastáil **ó** fhear an phoist.

1. Is é Caoimhín an siopadóir. Cheannaigh mé úlla _____.
2. Is mise an siopadóir. Cheannaigh Éadaoin uachtar reoite _____.
3. Tháinig m'uncail. Fuair mé airgead _____.
4. Bhí Daidí agus Mamaí sa bhaile. Fuair mé airgead _____.
5. Casadh Cóilín orm. Fuair mé ticéad _____ don chluiche.
6. Cheannaigh tusa agus Dearbháil milseáin. An bhfaighidh mé ceann _____?
7. Cheannaigh Íde milseáin. Fuair mé ceann _____.
8. Is é Pól an siopadóir. Cheannaigh mé úlla _____.
9. Tá tuilleadh bia ag teastáil (mé) _____.
10. Tá peann uaine ag teastáil __ Sheán.

A

	i	*trí*	*thar*	*um*	*idir*
mé (mise)	ionam	tríom	tharam	umam	—
tú (tusa)	ionat	tríot	tharat	umat	—
sé (eisean)	ann	tríd	thairis	uime	—
sí (ise)	inti	tríthi	thairsti	uimpi	—
muid (muidne)	ionainn	trínn	tharainn	umainn	eadrainn
sibh (sibhse)	ionaibh	tríbh	tharaibh	umaibh	eadraibh
siad (iadsan)	iontu	tríothu	tharstu	umpu	eatarthu

B Abairtí

i

1. Táim ag dul **i** bhfeabhas (*improving*), buíochas le Dia.
2. Bhí sé **i** gcruachás (*in a fix*) nuair a polladh a rothar.
3. Táim ag obair go dian **i** mbliana.
4. Dochtúir a bhí **inti**.
5. Cé a bhí sa teach? Bhí bean an tí **ann**.

trí

1. Bhí sí **trí** chéile (*She was upset*) de bharr na timpiste.
2. Chuaigh an seanteach **trí** thine.
3. Buaileadh an liathróid **tríd** an bhfuinneog trí thimpiste.
4. Ní raibh botún ar bith san aiste **tríd** síos (*right through: from beginning to end*).
5. Chuir sí na súile **tríom**.

thar

1. D'imigh m'aintín **thar** lear ar saoire.
2. D'éirigh **thar** barr linn (*We did splendidly*) sa chluiche.

3   D'imigh sé **thar** an scoil ar ghluaisrothar.
4   Labhair sé go garbh liom, ach lig mé **tharam** é (*I let it pass: I ignored it*).
5   Chuaigh mé **thairsti** sa tsráid.

um
1   Bíonn féasta sa teach againn **um** Nollaig.
2   Rachaidh mé abhaile ón scoil **um** thráthnóna.
3   Buaileann an clog **um** mheán lae (*at midday*) don lón.

idir
1   Táim **idir** dhá chomhairle (*between two minds: undecided*) faoin gceist sin.
2   Bhí an áit dubh le daoine, **idir** shean is óg (*both young and old*).
3   **Idir** seo is siúd, ní raibh nóiméad le spáráil agam.
4   Roinneamar na milseáin **eadrainn**. (*We shared out the sweets among us.*)
5   Bhuaigh Máire an rás agus bhí Fionnuala sa dara háit. Ní raibh **eatarthu** ach cúpla soicind.

Súil siar

	ag	*ar*	*le*	*as*	*faoi*	*do*	*ó*	*roimh*	*i*	*chuig*	*de*
mise	agam	orm	liom	asam	fúm	dom	uaim	romham	ionam	chugam	díom
tusa	agat	ort	leat	asat	fút	duit	uait	romhat	ionat	chugat	díot
eisean	aige	air	leis	as	faoi	dó	uaidh	roimhe	ann	chuige	de
ise	aici	uirthi	léi	aisti	fúithi	di	uaithi	roimpi	inti	chuici	di
muidne	againn	orainn	linn	asainn	fúinn	dúinn	uainn	romhainn	ionainn	chugainn	dínn
sibhse	agaibh	oraibh	libh	asaibh	fúibh	daoibh	uaibh	romhaibh	ionaibh	chugaibh	díbh
siadsan	acu	orthu	leo	astu	fúthu	dóibh	uathu	rompu	iontu	chucu	díobh

A Scríobh amach na habairtí seo, agus cuir isteach an fhoirm cheart de na focail atá idir lúibíní.

1   Chuaigh mé ar scoil. Bhí Pól in éineacht _____. (agam/liom/fúm)
2   Bhí ocras an domhain _____. (aige/leis/air)
3   Dia _____, a Pháid. (agat/ort/duit)
4   Ar thaitin an dinnéar _____? (agaibh/libh/oraibh)
5   Thug Pádraig cuireadh _____. (dom/liom/agam)
6   Bhain an tintreach geit ____. (as/ann/air)
7   Thug an dochtúir buidéal leighis ____. (aici/di/léi)
8   Chuir mé fáilte _____. (orthu/leo/rompu)

9 Tá slaghdán ____ Mháire. (do/le/ar)
10 An bhfuil sibh ag éisteacht _____? (acu/leo/orthu)
11 Bhí mé ag caint _____ inné. (acu/leo/orthu)
12 An raibh tú ag magadh _____, a Nóra? (fúm/orm/liom)
13 Chuir sé beart _____ sa phost. (dom/chugam/orm)
14 Bhaineamar ár gcótaí _____. (linn/dínn/dúinn)
15 Dúirt an múinteoir _____ an scéal a léamh. (liom/orm/fúm)
16 D'éirigh _____ an charraig a ardú. (air/leis/chuige)
17 Bhí áthas _____ mar bhuaigh sé duais. (aige/air/dó)
18 Lig mé béic _____. (orm/liom/asam)
19 Beidh dinnéar blasta ullamh againn dóibh. Fág _____ é! (fúinn/orainn/linn)
20 Cad tá ag teastáil _____? (duit/uait/agat)

B Líon na bearnaí sna habairtí seo.
1 Thit an buachaill sa láib (*mud*). Bhí gach duine ag magadh _____.
2 Nuair a shroich mé an scoil, bhí mo chara ann _____.
3 Chuala sí torann éigin taobh thiar ____.
4 Scríobh Bríd litir _____ Sinéad.
5 Chuireamar _____ bóthair go luath.
6 Tháinig Daidí isteach. Fuair na páistí milseáin _____.
7 Chuaigh an fear déirce __ dhoras go doras.
8 An bhfuil an slaghdán ag dul __ bhfeabhas?
9 Tá an aimsir níos fearr __ mbliana.
10 Tá mé _____ dhá chomhairle faoi sin.
11 D'éirigh _____ barr liom sa scrúdú.
12 Bhris mé an cupán ____ thimpiste. Thit sé as mo láimh.
13 Labhair an múinteoir ____ ghuth ard.
14 Cuireadh an bruscar ____ an tine.
15 Tagaim abhaile ____ thráthnóna.
16 Chonaiceamar tarbh; baineadh geit _____.
17 Nuair a thagann na cigirí, cuireann an múinteoir fáilte _____.
18 Bíonn spórt againn ____ Nollaig.
19 Lig sí béic _____.
20 Tháinig m'aintín ar cuairt. Fuair mé bronntanas _____.

57

AN AIDIACHT SHEALBHACH

A

mo pheann	mé: mo
do pheann	tú: do
a pheann	sé: a
a peann	sí: a
ár bpinn	muid: ár
bhur bpinn	sibh: bhur
a bpinn	siad: a

B

mo	ár
do	bhur
a (*his*)	a (*their*)
a (*her*)	

Le foghlaim

C

m'úll	mé: mo
d'úll	tú: do
a úll	sé: a
a húll	sí: a
ár n-úlla	muid: ár
bhur n-úlla	sibh: bhur
a n-úlla	siad: a

D Líon na bearnaí sna habairtí seo.

1. Bhris Úna a (cos) _____.
2. Bhris Tomás a (cos) _____.
3. Chíor siad a (cuid) _____ gruaige.
4. D'oscail mé mo (mála) _____.
5. D'osclaíomar ár (málaí) _____.
6. D'osclaíomar ár (cóipleabhair) _____.
7. Tháinig d'(athair)_____ abhaile.
8. Bhí Micheál sa bhaile. Bhí a (athair) _____ ann freisin.
9. Bhí Síle sa bhaile. Bhí a (athair) _____ ann freisin.
10. Bhí siad sa bhaile. Bhí a (athair) _____ ann freisin.

Le déanamh

E
1. Bhí Mamaí ina (suí) _____ cois na tine.
2. Bhí Daidí ina (suí) _____ cois na tine.
3. Bhí siad ina (suí) _____ cois na tine.
4. Tá mé i mo (dúiseacht) _____ anois.
5. An bhfuil sibh in bhur (dúiseacht) _____?
6. Tá mé i mo (cónaí) _____ san Uaimh ó rugadh mé.
7. Tá Mamaí ina (cónaí) _____ anseo freisin.
8. Tá m'uncail ina (cónaí) _____ i Sasana.
9. Táimid inár (cónaí) _____ in Éirinn.
10. Bhíomar inár (codladh) _____ go luath aréir.

F Scríobh amach na habairtí.
1. Bhí mé i mo chodladh.
2. Bhí tú i ____ chodladh.
3. Bhí sé _____ chodladh.
4. Bhí sí _____ codladh.
5. Bhíomar _____ gcodladh.
6. Bhí sibh ____ _____ gcodladh.
7. Bhí siad _____ gcodladh.

1. mo, do, a (*his*) + consan: séimhiú—**mo chóta**
   mo, do, a (*his*) + guta: *no change*—**d'ordóg, a ordóg**
2. a (*hers*) + consan: *no change*—**a cóta**
   a (*hers*) + guta: *h* roimhe—**a hathair**
   ár, bhur, a (*theirs*) + consan: urú—**ár gcótaí**
   ár, bhur, a (*theirs*) + guta: *n* roimhe—**ár n-athair**

AN tAINMFHOCAL

A Seo focal a ainmníonn duine, nó rud, nó áit.

fear   asal   Mamaí   cathaoir   Gearóid   Treasa   rothar   carr   bróg

B

SAMPLAÍ
1. Chuaigh an **chlann** go dtí an **sorcas**.
2. Bhí **fear** ag éisteacht leis an **raidió**.
3. Bhí **tarbh** ag **bun** na **páirce**.
4. Ghlan **Seán** an t-**urlár**.
5. Dhún **Daidí** an **doras**.
6. Bhris an **gadaí** an **fhuinneog**.
7. **Buachaill** óg is ea **Pádraig**.
8. Bhí na **héin** ag canadh sa **chrann**.
9. Bhaineamar dínn ar **gcótaí**.

C Cuir na hainmfhocail seo in abairtí:
páistí, sneachta, capall, ríomhaire.

Uatha agus iolra (*singular and plural*)

A   'an': uimhir uatha—**an bád**
   'na': uimhir iolra—**na báid**

B

SAMPLAÍ

Uatha	Iolra	Uatha	Iolra
an capall	na capaill	an altóir	na haltóirí
an t-asal	na hasail	an siopadóir	na siopadóirí
an sagart	na sagairt		
		an madra	na madraí
an bhróg	na bróga	an t-oráiste	na horáistí
an ordóg	na hordóga	an siopa	na siopaí
an tsráid	na sráideanna	an chathair	na cathracha
		an t-athair	na haithreacha
an feirmeoir	na feirmeoirí	an tsiúr	na siúracha

C

1   Líon na bearnaí.

Uatha	Iolra
an t-asal	___ _____
an t-eitleán	___ _____
an siopa	___ _____
an múinteoir	___ _____
an bhróg	___ _____
an cóta	___ _____

Uatha	Iolra
___ _____	na madraí
___ _____	na feirmeoirí
___ _____	na scoileanna
___ _____	na málaí
___ _____	na sráideanna
___ _____	na buachaillí

2 Cuir na hainmfhocail sna habairtí seo sa bhosca ceart.
1 Dhún an cailín an doras.
2 Sheas na páistí ag an ngeata.
3 An bhfaca tú na capaill?
4 Cheannaigh Mamaí gúna nua dom.
5 Bhí na héin ag canadh go binn.

Uatha	Iolra

Firinscneach agus baininscneach

A Bíonn ainmfhocail *firinscneach* (*masculine*) nó *baininscneach* (*feminine*).

Firinscneach
1. Ainmneacha agus gnóthaí fear:
   Seán, Daidí, mac, sagart, píopa.
2. Cuid mhaith ainmfhocal a chríochnaíonn ar *–eoir, –óir, –úir, –éir, –aí,* agus *–ach*:
   múinteoir, feirmeoir, táilliúir, gadaí, sionnach, manach.
3. Roinnt ainmfhocal a chríochnaíonn ar *–ín, –án,* agus *–as*:
   sicín, ribín, sruthán, áthas.

Baininscneach
1. Ainmneacha agus gnóthaí ban:
   Mamaí, banaltra, banríon, Úna.
2. Ainmneacha tíortha agus aibhneacha:
   Éire, an Fhrainc, an Rúis, an tSionainn, an Life.
3. Ainmfhocail a chríochnaíonn ar *–óg* nó *–eog*:
   bróg, ordóg, fuinneog, spideog.
4. Beagnach gach ainmfhocal le dhá shiolla a chríochnaíonn ar *–acht* nó *–eacht*:
   beannacht, mallacht, gluaiseacht.
5. Ainmfhocail le siolla amháin a chríochnaíonn ar chonsan caol:
   tír, cáis, cill, scoil, súil.

B

Cuir na focail seo sa bhosca ceart:
Tomás, Nóra, an buachaill, an bhanaltra, an dochtúir, Éire, an capall, an tseachtain, an gairdín, an bhó, an t-amhrán, an bhábóg, an deartháir, an cupán, an siopadóir, an mháthair.

Firinscneach	*Baininscneach*

An tuiseal ainmneach agus an tuiseal ginideach

A **An tuiseal ainmneach**
Bíonn ainmfhocal sa tuiseal ainmneach nuair a bhíonn an t-ainmfhocal mar *ainmní* (phríomhábhar cainte) san abairt (*when the noun is the subject of the sentence*).

SAMPLAÍ

1 D'éirigh **Mairéad** go moch.
2 Shuigh na **páistí** síos.
3 Lig an **fear** béic as.

B **An tuiseal ginideach**
Bíonn ainmfhocal sa tuiseal ginideach—

(*a*) nuair a thagann sé díreach i ndiaidh focal mar 'ag déanamh', 'ag ithe', 'ag léamh':
1 Bhí mé ag glanadh na **fuinneoige**.
2 Bhí Mamaí ag tiomáint an **chairr**.

(*b*) chun seilbh (*possession*) a chur in iúl:
1 Bhí seol an **bháid** briste.
2 Chonaic mé hata an **fhir** ar an talamh.
3 Luigh siad faoi theas na **gréine**.

(*c*) nuair a thagann sé díreach i ndiaidh na bhfocal seo:
os cionn, i gcoinne, in ionad, i gcomhair
i measc, i láthair, in aice, ós comhair
i ndiaidh, i rith, i dtaobh, in aghaidh
i bhfochair, i gcaitheamh, de réir, le haghaidh
ar fud, ar son, ar feadh, go ceann
tar éis, de bharr, le linn, i gceann

nó
cois, chun, timpeall, trasna
beagán, cuid, tuilleadh, a lán

> **SAMPLAÍ**
>
> 1. Beidh mé ann i gceann **tamaill**.
> 2. Bhí coill in aice na **háite**.
> 3. Ghluais siad i dtreo na **páirce**.
> 4. Bím ag obair i rith an **lae**.
> 5. Tá siopa os comhair na **scoile**.
> 6. Chíor mé mo chuid **gruaige**.
> 7. Tá tuilleadh **aráin** ag teastáil uaim.
> 8. Níl ach beagán **airgid** agam.

(*d*) nuair a bhíonn dhá ainmfhocal ag teacht le chéile gan 'an' nó 'na' eatarthu:
lá **seaca**   cos **asail**
oíche **shneachta**   leathanach **leabhair**
hata **Phádraig**   bata **fir**
bróg **Sheáin**   lucht **taistil**

B ## Na díochlaonta

Most nouns in Irish belong to one of five groups or divisions, called díochlaonta *(declensions).*

SAMPLAÍ: FEIC

An chéad díochlaonadh

A
(*a*) Tá na hainmfhocail go léir firinscneach.
(*b*) Críochnaíonn siad ar chonsan leathan.

C B

SAMPLAÍ

(*a*) ag tosú ar chonsan:

Tuiseal ainmneach	*Tuiseal ginideach*
an bád	seol an bháid
an cat	ceann an chait
an cnoc	barr an chnoic
an bord	bun an bhoird

(*b*) ag tosú ar ghuta:

Tuiseal ainmneach	*Tuiseal ginideach*
an t-asal	grágaíl an asail
an t-úll	dath an úill
an t-urlár	ag glanadh an urláir
an t-eitleán	doras an eitleáin

(*c*) ag tosú ar *s*:

Tuiseal ainmneach	*Tuiseal ginideach*
an sagart	carr an tsagairt
an samhradh	i rith an tsamhraidh
an solas	ag lasadh an tsolais
an saol	deireadh an tsaoil

(*d*) samplaí eile:

Tuiseal ainmneach	*Tuiseal ginideach*
an naomh	ainm an naoimh
an doras	ag dúnadh an dorais
an breac	súil an bhric
an fear	hata an fhir

A

Tuiseal ainmneach	Tuiseal ginideach
an pinsean	méid an phinsin
an t-ospidéal	geata an ospidéil
an nuachtán	ag léamh an nuachtáin
an bacach	cos an bhacaigh
an sionnach	ceann an tsionnaigh

C Scríobh amach na habairtí seo agus cuir isteach an fhoirm cheart de na focail atá idir lúibíní.
1. Chaill mé barr (an peann).
2. Ghoid an gadaí cóta (an fear).
3. Briseadh gloine (an doras).
4. Bhí pictiúr i lár (an leabhar)
5. Shiúil an madra trasna (an bóthar).
6. Bhí Conchúr ag ithe (an t-úll).
7. Chuir an gabha bróga nua faoi chosa (an capall).
8. Bhí an rang ag canadh (an t-amhrán).
9. Fásann na bachlóga i rith (an t-earrach).
10. Bhí saoire againn le linn (an samhradh).
11. Cad iad míonna (an fómhar)?
12. Thit sneachta ag deireadh (an geimhreadh).

An tuiseal ginideach, céad díochlaonadh
1. Ag tosú ar chonsan: seol an **bháid**
2. Ag tosú ar ghuta: béic an **asail**
3. Ag tosú ar *s*: carr an **tsagairt**

An dara díochlaonadh

A Tá na hainmfhocail beagnach go léir baininscneach.

B

SAMPLAÍ

(a) ag tosú ar chonsan:

Tuiseal ainmneach	Tuiseal ginideach
an bhróg	bonn na bróige
an chos	bun na coise
an pháirc	taobh na páirce
an tír	ar fud na tíre

(b) ag tosú ar ghuta:

Tuiseal ainmneach	Tuiseal ginideach
an ordóg	barr na hordóige
an ubh	ag ithe na huibhe
an obair	le linn na hoibre
an áit	in aice na háite

(c) ag tosú ar *s*:

Tuiseal ainmneach	Tuiseal ginideach
an tsráid	cúinne na sráide
an tsúil	dath na súile
an tseacláid	ag ithe na seacláide
an tseachtain	i rith na seachtaine

(d) samplaí eile:

Tuiseal ainmneach	Tuiseal ginideach
an ghaoth	i gcoinne na gaoithe
an fhuinneog	in aice na fuinneoige
an chistin	ag glanadh na cistine
an chaint	de bharr na cainte
an scornach	tinneas na scornaí
an fhoireann	captaen na foirne
an scoil	geata na scoile
an fheirm	clós na feirme
an mhaidin	obair na maidine
an chlann	máthair na clainne

C Scríobh amach na habairtí seo agus cuir isteach an fhoirm cheart de na focail atá idir lúibíní.

1. Bhí an múinteoir ag oscailt (an fhuinneog).
2. An raibh doras (an scoil) dúnta?
3. Bhí beagnach gach duine ag caitheamh (an tseamróg).
4. Shiúlamar trí lár (an choill) inné.
5. Bímid i gcónaí ag glanadh (an chistin).
6. Bhí tuirse ar na fir de bharr a gcuid (obair).
7. Bhí bonn (an bhróg) briste.
8. An raibh sé ag cur (báisteach) aréir?
9. Rith an madra trasna (an pháirc).
10. Thuirling Éamann den rothar ar thaobh (an tsráid).
11. Ghortaigh mé barr (an ordóg).
12. Rith an capall ar nós (an ghaoth).

An tuiseal ginideach, dara díochlaonadh
1. 'an' → 'na': clós **na** feirme
2. Ag tosú ar chonsan: bonn na **bróige**
3. Ag tosú ar ghuta: barr na **hordóige**
4. Ag tosú ar *s*: cúinne na **sráide**

An tríú díochlaonadh

A (*a*) Ainmfhocail a chríochnaíonn ar –óir, –eoir, –éir, nó –úir.
(*b*) Ainmfhocail le níos mó ná siolla amháin a chríochnaíonn ar –(*e*)acht.
(*c*) Ainmfhocail eile a chríochnaíonn ar chonsan (leathan nó caol).

B

SAMPLAÍ

(*a*) ag tosú ar chonsan:

Tuiseal ainmneach	Tuiseal ginideach
an múinteoir	mála an mhúinteora
an dochtúir	seomra an dochtúra
an buachaill	rothar an bhuachalla
an rang	barr an ranga

> **SAMPLAÍ**
>
> (b) ag tosú ar ghuta:
>
> | Tuiseal ainmneach | Tuiseal ginideach |
> |---|---|
> | an t-aisteoir | caint an aisteora |
> | an t-am | i rith an ama |
>
> (c) ag tosú ar *s*:
>
> | Tuiseal ainmneach | Tuiseal ginideach |
> |---|---|
> | an saighdiúir | cóta an tsaighdiúra |
> | an strainséir | carr an strainséara |
> | an snáth | dath an tsnátha |
> | an sos | i rith an tsosa |
>
> (d) Samplaí eile
>
> | Tuiseal ainmneach | Tuiseal ginideach |
> |---|---|
> | an ceacht | ag déanamh an cheachta |
> | an bláth | boladh an bhlátha |
> | an loch | ar thaobh an locha |
> | an sioc | le linn an tseaca |
> | an bhliain | tús na bliana |
> | an Cháisc | le linn na Cásca |
> | an fhuil | ag cur fola |
> | an tsíocháin | an Garda Síochána |
> | an uimhríocht | ag foghlaim na huimhríochta |
> | an feirmeoir | capall an fheirmeora |

C Scríobh amach na habairtí seo agus cuir isteach an fhoirm cheart de na focail atá idir lúibíní.

1. Cuir cóta (an múinteoir) ar an gcathaoir, más é do thoil é.
2. Feicim siopa (an búistéir) gach lá.
3. D'inis an sagart scéal (an Slánaitheoir) dúinn.
4. Tugadh feadóg (an moltóir) dom.
5. Briseadh rothar (an buachaill) sa timpiste.
6. Bhíomar ag scríobh nótaí le linn (an ceacht).
7. Tá a shrón ag cur (fuil) anois.
8. Tagann an Nollaig ag deireadh (an bhliain).

9   D'imigh carr (an dochtúir) thart go tapa.
10   Sciop an buachaill caipín (an saighdiúir).
11   Déanann na páistí a ndícheall le linn (an rang).
12   Chonaic mé teach (an feirmeoir) ar thaobh an bhóthair.

An tuiseal ginideach, tríú díochlaonadh
1   Ag tosú ar chonsan: mála an **mhúinteora**
2   Ag tosú ar ghuta: caint an **aisteora**
3   Ag tosú ar s: gunna an **tsaighdiúra**

An ceathrú díochlaonadh

A

(*a*) Tá an chuid is mo de na hainmfhocail firinscneach.
(*b*) Tá ainmfhocail ann a chríochnaíonn ar ghuta.
(*c*) Tá ainmfhocail ann a chríochníonn ar –*in*.

B

SAMPLAÍ

(*a*) ag tosú ar chonsan:

Tuiseal ainmneach	Tuiseal ginideach
an coinín	eareaball an choinín
an garda	hata an gharda
an páiste	ainm an pháiste
an croí	ag briseadh an chroí

(*b*) ag tosú ar ghuta

Tuiseal ainmneach	Tuiseal ginideach
an t-iascaire	bád an iascaire
an t-uisce	barr an uisce
an t-oráiste	ag ithe an oráiste
an t-ainmhí	cos an ainmhí

(*c*) ag tosú ar *s*:

Tuiseal ainmneach	Tuiseal ginideach
an sicín	cleite an tsicín
an siopa	doras an tsiopa
an seomra	ag maisiú an tseomra

(*d*) samplaí eile:

Tuiseal ainmneach	Tuiseal ginideach
an madra	cos an mhadra
an cluiche	ag imirt an chluiche
an coláiste	ainm an choláiste
an moncaí	ceann an mhoncaí
an cóta	cnaipe an chóta
an mála	ag dúnadh an mhála
an gairdín	in aice an ghairdín
an balla	airde an bhalla
an garáiste	ag oscailt an gharáiste

C Scríobh amach na habairtí seo agus cuir isteach an fhoirm cheart de na focail atá idir lúibíní.
1. Bhí Daidí ag glanadh (an gairdín).
2. Cá bhfuil caipín (an garda)?
3. Chonaic mé úlla i bhfuinneog (an siopa).
4. Is maith liom dath (an ribín) sin.
5. Céard é ainm (an ceirnín) sin?
6. Tá leabhar (an páiste) sin caillte.
7. Bhí Daidí ag líonadh (an crúiscín).
8. An raibh tú ag ól (an t-uisce) sin?
9. Thaitin dath (an gúna) léi.
10. Chonaic mé eireaball beag (an coinín).
11. Bhí Mamaí ag glanadh (an staighre).
12. Briseadh sciathán (an sicín) trí thimpiste.

An tuiseal ginideach, ceathrú díochlaonadh
1. Ag tosú ar chonsan: hata an **gharda**
2. Ag tosú ar ghuta: bád an **iascaire**
3. Ag tosú ar *s*: doras an **tsiopa**

An cúigiú díochlaonadh

A (*a*) Tá an chuid is mó de na hainmfhocail baininscneach.
(*b*) Tá ainmfhocail ann a chríochnaíonn ar chonsan caol nó ar ghuta.

B

SAMPLAÍ—consan caol:

Tuiseal ainmneach	Tuiseal ginideach
an chathair	lár na cathrach
an litir	clúdach na litreach
an traein	roth na traenach
an t-athair	in ainm an athar
an deartháir	cóta an deartháir
an abhainn	bun na habhann
an uimhir	méid na huimhreach
an Nollaig	Daidí na Nollag

SAMPLAÍ—guta:

Tuiseal ainmneach	Tuiseal ginideach
an mhonarcha	i lár na monarchan
an lacha	in aice na lachan
an cara	cos an charad
an tine	os comhair na tine
an chomharsa	teach na comharsan
an leite	blas na leitean
an chaora	ceann na caorach

C Scríobh amach na habairtí seo agus cuir isteach an fhoirm cheart de na focail atá idir lúibíní.
1. Rith mé i dtreo (an chathair).
2. Bhí Daidí ag lorg (cabhair) chun an páipéar balla a chur suas.
3. Bhí na cailíní ag iascaireacht ó bhruach (an abhainn).
4. Bhí Daidí ag lasadh (an tine).
5. Dhún an paisinéir doras (an traein).
6. Tá cleití (an lacha) go hálainn.
7. Bhí cos (an chaora) gortaithe.
8. Chonaic mé Daidí i lár (an mhonarcha).
9. Scríobh mé an seoladh ar chlúdach (an litir).
10. Chroch mé maisiúcháin (an Nollaig) ón tsíleáil.
11. Chuir méid (an uimhir) ionadh orm.
12. Is breá liom blas (an leite) sin.

An tuiseal ginideach, cúigiú díochlaonadh
1. An chathair—lár na **cathrach**
2. An mhonarcha—doras na **monarchan**

Ainmfhocail neamhrialta

Tuiseal ainmneach	Tuiseal ginideach	Tuiseal ainmneach	Tuiseal ginideach
an olann	luach na holla	an teach	doras an tí
Dia	mac Dé	an deoch	blas na dí
an mhí	deireadh na míosa	an leaba	ag cóiriú na leapa
an lá	i lár an lae		
an bhean	hata na mná		
an deirfiúr	gúna na deirféar		

Súil siar

A Scríobh amach an scéal seo agus cuir isteach an fhoirm cheart de na focail atá idir lúibíní.

Ar bharr an chnoic

D'fhág na páistí an baile le héirí (an ghrian). Bhí siad ag rothaíocht ar nós (an ghaoth). Nuair a shroich siad bun (an sliabh) thosaigh siad ag dreapadóireacht. Níorbh fhada go raibh siad ag cur (allas). Lig siad a scíth ar bhruach (an sruthán) agus thosaigh siad ag ól (deoch). Chuala siad ceol (an lon) nuair a bhí siad ag rith timpeall (an áit). Bhí caoirigh le feiceáil ag ithe (féar) i measc na gcarraigeacha. Tar éis (tamall) shroich siad barr (an cnoc). Lig siad béic (áthas) astu, mar bhí gliondar (an domhan) orthu gur éirigh leo an barr a bhaint amach.

B 'Ith an t-arán, a Sheáin.—Tá Seán ag ithe an aráin.'
Scríobh abairtí mar sin ag baint úsáid as na focail seo:

1 scuab; urlár
2 oscail; doras
3 dún; fuinneog
4 glan; bróg
5 maisigh; seomra
6 ól; deoch
7 ceannaigh; úll
8 imir; peil
9 cóirigh; leaba
10 ith; oráiste

AN AIDIACHT

A Tugtar 'aidiacht' ar fhocal mar seo: beag, mór, bán, deas, álainn, srl.

SAMPLAÍ

(*a*) an cóta **bán**
(*b*) an hata **dubh**
(*c*) an fear **mór**
(*d*) an crann **beag**
(*e*) an sagart **maith**

B Má chríochnaíonn ainmfhocal ar chonsan caol san uimhir iolra, cuirtear séimhiú ar an aidiacht.

SAMPLAÍ

(*a*) na cait **bhána**
(*b*) na fir **mhóra**
(*c*) na crainn **bheaga**
(*d*) na hasail **dhubha**
(*e*) na sagairt **mhaithe**

C Úsáidtear 'go' roimh na haidiachtaí seo a leanas go minic, agus cuireann sé *h* roimh ghuta:
deas, breá, olc, dona, maith, álainn, iontach, aoibhinn, minic.

SAMPLAÍ

(*a*) Bhí an áit **go deas**.
(*b*) Beidh an aimsir **go breá** amárach, le cúnamh Dé.
(*c*) Deirtear go bhfuil an scannán sin **go hiontach**.
(*d*) Tá an tráthnóna **go hálainn**.

D Céimeanna comparáide

Tá an crann seo **ard**.    Tá an crann seo **níos airde**.    Seo é an crann **is airde**.

glan	níos glaine	is glaine
fuar	níos fuaire	is fuaire
daor	níos daoire	is daoire
saor	níos saoire	is saoire
bocht	níos boichte	is boichte
bán	níos báine	is báine
geal	níos gile	is gile
ard	níos airde	is airde
deas	níos deise	is deise
dathúil	níos dathúla	is dathúla
flaithiúil	níos flaithiúla	is flaithiúla
misniúil	níos misniúla	is misniúla
fearúil	níos fearúla	is fearúla
mór	níos mó	is mó
beag	níos lú	is lú
maith	níos fearr	is fearr
olc	níos measa	is measa
te	níos teo	is teo
gearr	níos giorra	is giorra
breá	níos breátha	is breátha

E (a) **Scríobh amach na habairtí seo agus cuir isteach an fhoirm cheart de na focail atá idir lúibíní.**

1 D'ith mé na milseáin (blasta).
2 Chonaic mé na capaill (bán) sa pháirc.
3 Tá crainn ag fás ar na cnoic (ard) sin.
4 Thit na duilleoga de na crainn (mór).
5 Litrigh siad na focail (fada) i gceart.
6 Thaitin na suíocháin (bog) leo.
7 Sheol na báid (beag) as an gcuan.
8 Chonaic mé na cait (dubh) ag ól bainne.
9 Scríobhann na daltaí le pinn (gorm) sa rang seo.
10 Tá na fuinneoga (glan) ag lonradh.

(b) 'Tá Dónall mór.—Tá Seán níos mó.—Is é Pádraig an buachaill is mó sa rang.'
Scríobh abairtí mar sin ag baint úsáid as na haidiachtaí seo: bocht, deas, misniúil, maith, olc.

NA hUIMHREACHA

A				B	C
1	a haon	20	fiche	aon chapall amháin	duine
2	a dó	30	tríocha	dhá chapall	beirt
3	a trí	40	daichead	trí chapall	triúr
4	a ceathair	50	caoga	ceithre chapall	ceathrar
5	a cúig	60	seasca	cúig chapall	cúigear
6	a sé	70	seachtó	sé chapall	seisear
7	a seacht	80	ochtó	seacht gcapall	seachtar
8	a hocht	90	nócha	ocht gcapall	ochtar
9	a naoi	100	céad	naoi gcapall	naonúr
10	a deich			deich gcapall	deichniúr

D Scríobh amach na habairtí seo agus cuir isteach an fhoirm cheart de na huimhreacha agus na focail atá idir lúibíní.
1. Chonaic mé (3 capall) sa pháirc.
2. Bhí (7 carr) ar an mbóthar.
3. Thosaigh (2 fear) ag obair ar an mbóthar.
4. Bhí (6 dalta) as láthair inné.
5. Tá (3 cat) agus (2 madra) agam sa bhaile.
6. Bhuaigh mé (30 punt) sa chrannchur.
7. Bhí (100 duine) ag féachaint ar an gcluiche.
8. Bhí (3) de mo chairde ag súgradh liom.

Orduimhreacha
A

an chéad charr   an dara carr   an tríú carr   an ceathrú carr

an cúigiú carr

an séú carr

an seachtú carr

an t-ochtú carr

an naoú carr   an deichiú carr

B

an chéad duine
   an dara duine
      an tríú duine
         an ceathrú duine
            an cúigiú duine
               an séú duine
                  an seachtú duine
                     an t-ochtú duine
                        an naoú duine
                           an deichiú duine

C Líon na bearnaí.
1 Cad é an dara hainmhí sa líne? An _____.
2 Is é an _____ an chéad ainmhí atá sa líne.
3 Is é an _____ an séú hainmhí sa líne.
4 Cad é an tríú hainmhí sa líne? An _____.

1 Cé hí an chéad chailín atá sa líne?
2 Is é _____ an tríú duine sa líne.
3 Is í _____ an séú dalta sa líne.
4 Cé hí an naoú duine sa líne?
5 Cé hé an duine deireanach sa líne?

Bunuimhreacha
1–6 + consan: dhá **chapall** …
1–6 + guta: dhá **asal** …
7–10 + consan: ocht **gcapall** …
7–10 + guta: ocht **n-asal** …

Orduimhreacha
1ú (an chéad) + consan: an chéad **chapall**
1ú (an chéad) + guta: an chéad **asal**
Orduimhreacha eile + consan: an séú **capall**
Orduimhreacha eile + guta: an séú **hasal**

CLAONINSINT
(caint indíreach)

A Féach ar na habairtí seo:
(a) 'Tá cóta nua orm,' arsa Rónán.
    Deir Rónán go bhfuil cóta nua air.
(b) 'Tá peann dearg agam,' arsa Síle.
    Deir Síle go bhfuil peann dearg aici.
(c) Níl an ghrian ag taitneamh inniu,' arsa Mamaí.
    Deir Mamaí nach bhfuil an ghrian ag taitneamh inniu.
(d) 'Níl aon tinteán mar do thinteán féin,' a deir an seanfhocal.
    Deir an seanfhocal nach bhfuil aon tinteán mar do thinteán féin.

B Críochnaigh na habairtí seo.
1 'Tá peata coinín agam sa bhaile,' arsa Micheál. Deir Micheál …
2 'Tá leabhar staire ag teastáil uaim,' arsa Deirdre. Deir Deirdre …
3 'Níl ocras orm fós,' arsa Lorcán. Deir Lorcán …
4 'Níl an ghaoth róláidir inniu,' arsa an fear. Deir an fear …
5 'Tá aithne agam ar Phól,' arsa an múinteoir. Deir an múinteoir …
6 'Tá eagla orainn,' arsa na páistí. Deir na páistí …
7 'Níl dúil mhór agam i seacláid,' arsa Nóra. Deir Nóra …

C

SAMPLAÍ

(a) 'Bhí sionnach sa ghairdín aréir,' arsa Daidí.
    Dúirt Daidí go raibh sionnach sa ghairdín aréir.
(b) 'Bhí tinneas cinn orm inné,' arsa Deirdre.
    Dúirt Deirdre go raibh tinneas cinn uirthi inné.
(c) 'Ní raibh mé ar scoil inné,' arsa Seán.
    Dúirt Seán nach raibh sé ar scoil inné.
(d) 'Ní raibh mo chara sa bhaile,' arsa Dónall.
    Dúirt Dónall nach raibh a chara sa bhaile.

D   Críochnaigh na habairtí seo.
1 'Bhí litir ag fear an phoist dom,' arsa Mamaí. Dúirt Mamaí …
2 'Ní raibh aithne agam ar an bhfear sin,' arsa Pól. Dúirt Pól …
3 'Bhí na fir ag snámh san fharraige,' arsa Gearóid. Dúirt Gearóid …
4 'Bhí a fhios againn go raibh sorcas ag teacht,' a deir siad. Dúirt siad …
5 'Bhí an-oíche againn ag an gceolchoirm,' a deir siad. Dúirt siad …
6 'Bhí suim agam sa léitheoireacht ó thús,' arsa Mairéad. Dúirt Mairéad …
7 'Ní raibh scamall sa spéir,' arsa an fear. Dúirt an fear …

GNÁTHBHEANNACHTAÍ

1 Dia duit.—Dia is Muire duit.
2 Bail ó Dhia ar an obair.—An bhail chéanna ort.
3 Beannacht Dé ort.—Go mba hé duit.
4 Fáilte romhat.
5 Slán abhaile.
6 Go n-éirí an bóthar leat.
7 Go dté tú slán.
8 Rath Dé ort.
9 Oíche mhaith duit.
10 Go raibh maith agat.
11 Go bhfóire Dia orainn.
12 Slán agus beannacht.
13 Go sábhála Dia sinn.
14 Go dtuga Dia neart duit.
15 Go ndéana Dia trócaire ar a anam.
16 Go mbeirimid go léir beo ar an am seo arís.

Go n-éirí an t-ádh leat!